금아, 너는 할 수 있을 거야!

우리 가족이 쓴 **임금이** 여사 이야기

류정하 엮음

學而思 | 학이사

기억 저 멀리인 듯하면서도 한날한시같이 살고 계시는 엄마를 옆에서 보면서 엄마의 역사를 단 몇 쪽의 글로라도 남겨 드리고 싶어 시작한 것이 마음만 간직한 채 3년이라는 시간이 흘렀다. 올해도 그냥 보내면 두고두고 한이 될 것 같아 가족들의 힘을 보태어 엄마께 91세 생신 선물로 드리려고 한다.

축하 시, 그림은 아들과 사위들이,
거기에 정겨운 모습들을 찍은 사진을 보태 엮었다.
1부에는 아주 조그만 부분의 엄마 이야기를 부족하지만 성심을 다해 적어 보았고, 2부에는 큰오빠와 큰올케의 글을, 3부에는 작은오빠의 엄마에 대한 시 모음과 작은올케의 편지를, 4부에는 작은오빠가 보관하고 있던 편지 꾸러미를 모아 보았다. (1968년부터 큰오빠의 병영생활까지)

엄마의 이야기나 편지는 우리 가족의 실타래인 동시에 우리나라의 역사이기도 하다. 엄마의 후손들이 세월이 흐른 뒤에도 깊이 생각하면서 사는 삶이 되었으면 하는 바람이다.

한 집안을 일으키려면 부모의 희생이 있어야만 이루어지고 한 대에서 성공 못 하면 그 다음 대에서 또 그 만큼 노력을 하여야 한다고 항상 말씀하셨는데 ……

이제 우린 우리들의 집에 주춧돌을 놓았다. 크고 멋진 집을 짓기 위하여!

- 차녀 정하

3

米壽의 나이에

또 한 해가 지나가서 88 米壽가 되었구나.

내가 이렇게 오래 살고 있으리라고는 생각도 못했는 데……

집이 도시계획으로 길이 되면서 그렇게 상주를 떠나온 지 벌써 15여 년의 시간이 지나갔다.

이렇게 오래 살아 있으리라는 것을 알았다면 상주를 떠나오지 않았으리라.

배움의 한을 이루지도 못하고 아무런 의미없이 지나온 세월이 너무나 안타까워 기억 저 편의 모든 것을 꺼내어 정리해 보리라 생각한다.

너무나 보고 싶은 나의 어머니, 아버지, 그리고 오빠!

아무리 퇴색해도 더욱 또렷이 기억나는, 죽어서라도 다시 찾아보고 싶은 우리 어머니!

힘들었던 시간들이 더더욱 생각나고 내가 눈을 감으면 나의 나주 임씨네는 문을 닫는다는 게 왜 이리 가슴 저린 지……

비록 내 힘으로 옮겨 적지는 못하지만, 나의 실타래를 풀어보자꾸나.

풀어 놓으면 나의 후손들이 다시 반듯하게 감아주겠지 *···*

2013년 1월 20일 일 맑음

4

부 柳 而 文   나 林 今 伊

2015. 12 장남의 방한 때

이슬머금은꽃처럼아름다와라강가의모래보다깨끗하면
서밤하늘의별가운데달이환하듯싶혀도감추어도드러나
는데잡은손따뜻함도그래서였구나온세상모두가알듯모
르듯나혼자가두우면행여욕심이러더가그런데만약가시
는길소매잡고슬며시당긴다면그런나를원망하실까가비록
잠깐이나조금이라도아프시다면아니아픈모습이리도보
이신다면그건절대로아니되지요가꿈씩은쉬어가게하고
싶습니다진정그리하고싶습니다당신날원망치만않으신
다면나에게는당신곧하늘이니까요 월정류정하

시 유명하 / 글 월정 유정하 / 하늘같은 당신

김대식 作 / 모란꽃 2014

이태활 作 / 화전리의 봄 90×45cm 수묵담채 2015

금아,
너는 할 수 있을 거야!

1부

CONTENTS CONTENTS

PHOTO GALLERY

PHOTO GALLERY

큰 아들 부부

작은 아들 부부

장녀 부부(2005년 둘째사위 이태활 개인전에서)

둘째사위와 외 증손녀 김규연

삼녀 옥하네 가족(창준이 재롱잔치)

새로운 식구들을 맞이하다(2013) 영호, 하나, 새벽

손녀 진경, 화경

장남

영하딸 다정이네

하나가족(2016)

중동 산소벌초 후

한영, 은규

다정 딸(아윤, 소윤)

김영효네 가족

외손 마을이

새벽이네 가족

증손녀 유예빈

장손 도니(희경)부부

현승이 결혼하던 날

선산 도리사에서 정하와

영민이

풍물놀이 마치고 창준이와 함께!

희승!

PHOTO GALLERY

PHOTO GALLERY

88미수에 가족모이다

누가 더 예쁠까?

한영 결혼식 때

한서가
태어났어요

법주사에서 둘째 정하 부부와
함께 (2016. 4. 24)

夫 :　유이문(柳而文) 78세로 1990년 別世
나 :　임금이(林수伊) 1926~
長男 : 유성무(柳成茂) 미국 알리바마대학교(헌츠빌) 교수, 컴퓨터공학박사
　　　이희선(李喜善)
　　　　진경　미국 연방통신위원회 근무, 법학박사, 변호사
　　　　화경　미국 국제개발처 근무
　　　　희경(돈이, 도니) (처 : 이은영) 미국 국무성 근무, 외교관
次男 : 유명하(柳明夏) (주)코오롱 LA지사장 역임
　　　안정숙(安正淑)
　　　　희승　유희승 한의원 원장, 청운대학교 교수
　　　　현승 (처 : 김미경) 대구파티마병원 근무(정형외과 전문의) - 딸 : 유예빈
長女 : 김대식(金大植) 1급통신사, 한진해운(전)
　　　유영하(柳永夏)
　　　　영민　SK-Telecom 근무
　　　　다정 (부 : 강경태) 간호학석사, 간호사 - 딸 : 강아윤, 소윤
　　　　영효 (처 : 이경혜) 건축기사, 신동아건설근무 - 아들 : 김한겸, 딸 : 한서
次女 : 이태활(李泰活) 중등교원(전), 화가, 대구미협초대작가(미술)
　　　유정하(柳正夏) 중등교원(전), 대구미협초대작가(문인화), 이태활갤러리 관장
　　　　하나 (부 : 김정은) 중등교원, 교육학박사과정 수료 - 딸 : 김규연(뽕순)
　　　　한영 (처 : 성은규) LG화학 근무
三女 : 이대우(李大雨) 문학박사, 경북대학교 노어노문학과교수
　　　유옥하(柳玉夏) 중등교원(전)
　　　　새벽 (처 : 박수진) 경북대학교 박사과정 재학 중 - 아들 : 이창준
　　　　마을　컴퓨터기사

증조부모, 조부모, 종조부모 산소,
(경북 김천시 구야리 456-3)
고조부모 산소
(산 8-6)

부모님(합장)과 미래 나의 안석처
(경북 김천시 감문면 구야리 산8-5)

좌 : 시어머님 산소
우 : 남편 산소
(경북 상주시 중동면 죽암리 1141(1호)

제 1 부

나의 살던 고향

금정우물

▰

"오빠! 오빠!"
눈을 비비며 나는 오빠를 불렀다.
"그래, 아가야 일어났니?"
오빠의 반가운 목소리다.

오빠와 난 엄마가 일을 나가시면 항상 둘이서 놀고 있었다.
아버지네가 돌림병으로 거의 모든 이가 죽음을 맞이했고 우리는
아무 것도 없이 그렇게 살고 있었다.
엄마는 우리를 먹여 살리신다고 남의 집일을 다니셨다.
그날도 나는 오빠 손을 잡고 놀다가 엄마가 너무 보고 싶어 오빠를
졸라대었다.
"오빠, 우리 엄마보러 가자."
"아가야, 엄마한테 가면 혼난다."
그래도 난 오빠에게 엄마 보러 가자고 계속 졸라대었다.

"아유~~ 너희들 왔니?"

그날 잔치가 있던 그 집에서는 반갑게 우리를 맞아주시며 먹을 것을 주셨다.

보통 때는 보지 못하던 것, 우리는 엄마도 반갑고 먹을 것도 몹시 반가왔다.

그러나, 저녁 때,

오빠는 엄마에게 호된 꾸지람을 들어야 했다.

아가를 잘 보라고 했지 왜 아가를 데리고 일하는 데를 왔느냐고 말이다.

정당한 이유없이 남에게 조그만 것이라도 무엇인가를 얻어먹는다는 것은 다시 있어서는 안된다고 말이다.

그렇게 그날도 하루가 지나가고 있었다.

지금은 대구 어디인지 알 수도 없지만 난 어머니의 흔적이 그리워 금정 우물이라고 했던 그곳이 몹시 그립다.

둘째 딸 정하와 한 번 찾아가보려고 했지만 도무지 알 수가 없는 그 곳!

나는 오늘도 꿈속에서 오빠 손을 잡아 본다.

그리운 오빠!

날 잊어 버리지 마세요.

누룽지

◤

"덜컥,덜컥!!"

볏짚을 끼우며 밤은 깊어가고 있었다.

볏짚을 추려낸 북대기 속에서 온기를 느끼며 오빠와 난 둘이서 장난을 치면서 놀고 있었고, 아버지, 어머니께서는 열심히 가마니를 짜고 새끼를 꼬고 계셨다.

하루 24시간!

잠시도 쉴 틈이 없었던 어머니께서는 그렇게 또 밤을 보내고 계셨다.

재산이라고 해 봐야 사지육신이 멀쩡한 것

그것만이 유일한 재산이었던 그 시절!

그때는 가난이라는 것이 왜 그리도 힘들었는 지?

어느 집 할 것 없이 부지런하지 않으면 입에 풀칠도 하지 못했고, 그런 중에도 특히나 더 아무 것도 없었던 우리 집은 낮이면 어머니께서는 남의 집일을 다니셨고 그것이 없을 때는 남는 밥을 얻어오시기도 하셨다. 네 식구의 가장이셨던 어머니께서는 우리들이 언제라도 배고프지 않도록 얻은 온 밥을 햇볕에 말려서 한 자루씩 모아놓고 계셨다. 아무 것도 없는 날은 그 밥을 삶아 주시거나 누룽지를 만들어 주셨는 데 옹기종기 모여 앉아 먹던 그것이 어쩌나 맛있던지……

그저 아버지와 어머니, 오빠와 넷이서 같이 있다는 것만이 온 세상의 전부였던 나에게는 모든 것이 행복하기만 했다.

정하가 누룽지를 한 봉지 가져왔다.

이제는 그 누룽지가 그때와 다른 그냥 누룽지일 뿐이지만, 어머니를 생각하면 참으로 그리운 것이다.

"보글 보글."

냄비 속에서 나는 소리와 구수한 냄새에 나는 오늘도 어머니가 그립다.

떡 꼬랑지

◤

어머니께서는 떡바구니를 머리에 이고 대문을 나서신다.

또 새로운 하루가 열리고 있었다.

그래도 떡을 해 가지고 팔 밑천이라도 생겼으니 그 동안 조금은 부자가 되었는가 보다.

난 오늘도 개미 쳇바퀴 도는 생활에 발을 동동 구르고 있었다.

오늘 하루도 어머니께서 돌아오실 때까지 쌀 3되는 빻아 놓아야 하기 때문이다. 방앗간에 갈 수가 없었던 우리에게는 디딜방아가 큰 재산이었다.

"콩닥! 콩닥!"

이것은 내 소리였다.

열 살 어린 나의 힘으로 쌀을 빻는다는 게 얼마나 힘이 들었는지……

한 번, 두 번 드리우고 한참의 시간이 흘렀던 것 같아 방아를 내려 놓고 체에 쳐 보면 쌀알이 나를 쳐다보고 있다.

쌀가루는 한 줌도 되지 않고······

"아휴!"

어린 마음에 자주 치면 가루가 더 많이 나온다는 생각이 들었었나?

다시 디딜방아에 발을 올리고 오르락 내리락!

이리하기를 수 년!

"아가! 방아 찧다가 배고프면 먹고 하렴."

매일 어머니께서는 나가시면서 떡 만들고 남는 꽁지를 주고 가셨다.

나는 그것을 가지고 어머니와 똑같은 떡을 만들었다.

매일 5~8개 정도 되었다.

가끔씩 지나가는 방물장수나 갓바치들이 떡을 사러 오면 난 그것을 팔아서 1전이나 2전씩 어머니께 드리곤 했다.

먹지 않고 팔았다고 어머니께 꾸지람을 들으면서도 뭔가 해 드렸다는 안도감이 들곤 했었다.

겨울이면 어머니 생각이 더 많이 난다.

특히 올해처럼 눈폭탄이 내리면······

날씨가 추워서 그대로 얼어버렸기 때문에 밖에 나가지를 못한다.

퇴행성 관절염이 언제부터 시작되었는지 기억도 나지 않는다.

아마도 어린 나이에 오르락 내리락 했던 그 디딜방아 때문에 더욱 빨리 망가져버리지 않았나 모르겠다.

　그러나 보고 싶은 우리 어머니 만나러 가는 그날까지 나의 생명같은 아들, 딸들 힘들게 하고 싶지 않아, 또 이대로 그냥 있다가는 앉은뱅이가 될까 두려워 오늘도 방안에서 열심히 운동을 한다.

　"하나, 둘, 셋"

　어머니! 저 세상가서 당신 만나면 품에 안겨 실컷 울어 보렵니다.

박 바가지

"금아!"하고 부르는 친구들의 목소리는 고무줄 넘는 소리와 함께 왁자지껄 골목길을 한가득 메우고 있었다. 어머니가 무서워 같이 놀 기회가 많지 않았는데 일곱 살의 그날은 도저히 견딜 수가 없었다. 이리 뛰고 저리 뛰다 보니 어느 덧 붉은 땅거미가 온 하늘을 덮고 있 었다.

정신없이 집으로 돌아오니 어머니의 호된 호통소리.

"바가지 가져 오너라."

부엌에 가서 쌀 씻는 박 바가지 들고 오니 땅바닥에 놓고 밟아 버리시는구나.

'아이구! 이걸 어쩌나~~~'

"넌 친구들이랑 노느라 아버지의 저녁진지를 아직도 차려드리지 않았다니…

당장 이 바가지 조각들을 모두 기워서 쌀을 씻어 밥을 짓도록 하여라."

반 선비인 아버지께서는 일을 못하셨고 어머니께서는 가장 노릇 하시느라 시간과 손발이 늘 모자라셨다. 그러시면서 내가 아버지 섬기는 걸 조금이라도 게을리하면 큰 꾸지람을 하시곤 하였다.

흐르는 눈물을 참아가며 난 그 바가지 조각들에 바늘을 한 땀씩 밀어넣고 있었다.

왜 이리 바늘은 안 들어가는 지.

한참의 시간이 흐른 후 아버지께서 나오셨다.

"금아! 엄마한테 가서 잘못했다고 빌어라. 다시는 그러지 않겠노라고."

얼마의 시간이 흐른 어느 날!

난 또 놀다가 다시 한 번 호된 꾸지람을 들어야 했다.

바쁘게 와서 쌀을 씻는 바가지에 어머니께서는 재를 한 줌 뿌리셨다.

그리고는 들에 다녀오시는 아버지께 이렇게 말씀하셨다.

"당신 빨리 금이한테 밥 달라 하세요."

씻어도 씻어도 왕겨를 태운 재는 왜 그리 나가지를 않는지.

시간이 지날수록 무거워서 가라앉기만 했다.

쌀이 불어터지는데도 꺼뭇꺼뭇!

또 아버지께서 말씀하셨다.

"아가~ 재가 들어간 것은 나랏님도 잡수신단다. 그냥 밥을 하도록 해라."

그날 저녁밥은 완전히 죽밥이었다.

어린 소견에 쌀이 불었다는 것을 감안하지 않고 물을 부었으니 말이다.

그날 밤!

어머니께서는 내가 잠든 줄로 아시고 내 다리를 어루만지시면서 눈물을 지으셨다.

무남독녀 외딸을 이리 슬프게 만들었으니 미안하다고 하시면서 말이다.

그 후로 난 마음껏 놀 수가 없었다.

다른 사람이 친엄마가 아니냐고 할 정도로 우리 어머니께서는 오빠가 죽은 후 하나 자식이 된 나를 더욱 엄하게 키우신 것이다.

보고 싶은 어머니!

부르고 또 불러도 대답이 없지만, 이 넓은 세상에 널 혼자 남겨두고 어찌갈까 걱정하시던 어머니!

이제 돌아가실 때의 어머니보다 십수 년을 더 산 나이가 되었구나.

죽어서 만날 수 있다면 한 번만 다시 더 보고 싶구나.

어머니! 정말 그립습니다. *···*

막걸리 한 사발

▰

　오늘도 엄마는 일 나가시면서 나에게 2전을 주신다.
　"금아, 잊지 말고 아버지 막걸리 한 사발 사다 드려라."
　그 당시 돈 2전이면 밥 그릇으로 막걸리 한 사발, 그리고 씨레기 해장국 한 사발을 살 수 있었다.
　힘든 중에도 엄마는 아버지 챙기는 것을 소홀히 하시는 날이 하루도 없었다.

　결혼을 하고는 아버지 드리려고 밀주를 담구었다.
　찹쌀 고두밥과 누룩을 섞어 아랫목에 묻어 두면 '보글보글' 끓는 소리 왜 그리 정겹던지……
　하루는 술이 보글보글 끓을 때쯤 밀주 단속이 나왔다.
　걸리면 벌금이 굉장히 많았다.
　그런데 아버지를 위하는 마음을 하늘이 알았을까!
　그날 나는 학질에 걸려 따뜻한 담벼락에 기대어 앉아 바들바들 떨고 있었다.

그것을 본 밀주 단속원들은 '아주머니, 집에 들어가서 쉬세요.' 하면서 그냥 돌아가 버렸다.

긴 한숨을 내쉬며 얼마나 감사했던지!

옛날 오빠와 함께 네 식구가 함께 살 때는 술찌개미를 사다가 허기를 채우기도 했다.

겨울 저녁 아버지,어머니께서는 가마니 짜고 새끼 꼬면서 술찌개미 사다가 끓여서 한 사발 드시고, 우리에게도 거기에다가 사카린을 타서 주시곤 했다.

가난하게 살던 시절이라 양식이 되기도 했던 것이다.

참, 보고 싶은 얼굴들!

둘째 정하네가 새 집을 짓는다고……

그곳에다 갤러리 만들어서 사위 개인전도 한다고 큰딸 영하가 막걸리를 담구었단다.

한 병을 얻어서 마셔 보니 어찌 그리 맛있는지!

옛날 일들 돌아보며 아껴아껴 먹을란다.

"보글보글" 막걸리 끓던 소리 안주 삼으며 *··*

오빠

"아가, 네 오래비 잘 보살펴 주어라."

어머니께서는 머리에 보따리를 이고 장삿길을 나가셨다.

나를 그렇게 이뻐해주던 오빠는 등이 수북한 꼽사등이였던 것이다.

아버지께서는 그것이 너무나 한스러워 고칠 수 있다면 하는 바램으로 모든 것을 알아보고 계셨다.

그때도 침으로 고칠 수 있다는 어느 돌팔이 의사의 말을 듣고는 오빠의 치료에 전념하고 있었던 것이다. 그런데 오빠의 병은 점점 깊어가고 있었다.

매일매일 고사리 손으로 난 오빠의 병수발을 들고 있었다.

죽을 끓이고 대소변을 가리고, 또다시 저녁식사 준비를 하고, 그런 나를 오빠는 자리에 누워서 물끄러미 바라보고만 있었다.

오빠가 서당에 글 배우러 가면 난 오빠를 따라가곤 했다.

월사금이 없어 어려운 형편에 둘 다 공부시킬 수 없었던 부모님께서는 오빠만 서당에 보내서 천자문을 익히게 하셨다.

할머니께서 아버지 공부시키시려고 무던히 애를 쓰셨지만 공부에 뜻이 없으셨던 아버지께서는 세월만 죽이셨다고 한다.

그 후 돌림병이라는 죽음의 그림자는 사람뿐만 아니라 재산까지도 모조리 남의 손으로 넘어가 우리 집안은 몰락해 버렸다고 한다.

나이 어린 아버지께서는 생명을 부지하셨고 어머니를 만나 아무것도 없는 속에서 우리들과 희망의 싹을 틔우게 되었을 즈음~~~

"금아! 이렇게 이쁜 우리 금이, 이제 어떻게 하나?"
"금아! 아버지, 어머니 잘 보살펴 드려라."
"금아!"
꿈속에서라도 다시 한 번만 더 보고 싶은 나의 오빠는 그렇게 먼저 가 버리고 말았다.

내 생전에 그리 서러운 사람을 볼 수 있을까?
아버지께서는 방바닥을 치며 통곡하셨다. 주먹에 피가 나는 것도 모르고 몇 날 며칠을 식음을 전폐하셨다.

시간이 흐를수록 그 서러움은 더해만 갔다.
남편이 죽으면 땅에다 묻고 자식은 죽으면 가슴에다 묻는다던데……
"아버지! 저랑 같이 살아요. 제가 잘 할께요."
일곱 살 고사리 손으로 아버지 손을 잡고 펑펑 울었다.

내 사랑하는 오빠, 아무도 없는 이 세상에 유일하게 기대고 살 수 있었던 나의 오빠는 그렇게 우리들 마음 속으로 녹아들었다.

나이가 들수록, 오빠 생각은 간절했다.
이산 가족 찾기 프로그램을 볼 때마다 언젠가 만날 수 있다는 희망을 가지고 있는 그들이 난 많이 부러웠다.
울고, 또 울고……
그런 날은 아무 것도 할 수가 없었다.

2013. 1. 23. 수. 비

고모할머니네 아이 보기

◢

화개에 고모할머니 한 분이 계셨다.

아버지께서는 어린 나를 고모할머니 댁에 아이 봐주러 가라 하셨다. 한 사람 일손이 어려운 시절이라 엄마가 보내지 말라고 하는데도 도와 드리러 가라한 것이다.

고모할머니 댁에는 아이들이 둘이나 있었다.

하나 업어서 재우고 나면, 또 하나 업히고……

내 등은 쉴 시간이 없었다.

그러다 보니 오줌싸는 일이 많아서 화상을 입기도 했다.

그런데 고모님 댁 며느리는 군것질을 아주 좋아했다.

고모할머니 몰래 쌀을 퍼내어 군것질거리와 교환하는 모습을 여러 번 목격하기도 했다.

그럴 때마다 나에게 비밀을 강요했다.

그리고 어른들과 함께하는 식사는 나를 몹시 힘들게 했다. - 어른

들 입에 맞게 하므로 -

어느 날 나는 고모할머니한테 이야기도 안하고 십리 길을 걸어 집으로 돌아왔다.

8살 나에게는 정말 먼 길이었다.

"금아, 어떻게 왔니?"

"고모 할머니께 말씀드리고 왔니?"

"엄마, 나 등이 아파."

엄마는 내 옷을 벗겨보시고 깜짝 놀라셨다.

내 등은 아이들이 계속 오줌을 싸대니 화상을 입어 아프기가 말할 수 없었던 것이다.

그날로 나는 아이보기를 면했다.

아버지, 어머께서 깜짝 놀라시고 금지옥엽이었던 나를 고모할머니 댁에 보내지 않으셨기 때문이었다.

그리고 나는 결혼 후 2~3년을 제외하고는 여생을 마치실 때까지 부모님과 희로애락을 함께 하였다.

어머니! 사랑합니다. 그리고 고맙습니다.

물난리

일제강점기의 대동아 전쟁, 만주 사변, 6·25사변 그리고 물난리!
사람이 살아 가면서 한 번도 겪기 힘든 난리, 또 난리!
우리 세대가 모두다 그러했지만 지금 와서 보니 나는 참으로 많은
일들을 겪어 왔구나.

"금아, 금아"
동네 아주머니께서 다급하게 부르고 있었다.
"피난가야 된단다. 빨리 빨리!"
그 당시 우리 세 식구는 동사무소에 딸린 집에서 살고 있었다.
며칠 전부터 퍼붓던 비는 그칠 줄을 모르고 동사 마당에는 점점 물
이 차오르고 있었다.
뒷 내 둑이 터졌다고 동네 사람들이 바쁘게 피난 짐을 싸서 떠나가
고 있었지만 어머니와 나는 문상가서 오시지 않은 아버지를 기다리
고 있었다.

혹시 아버지와 헤어질까 두려워 피난길을 나설 수가 없었던 것이다.

발을 동동 구르며 얼마를 기다렸을까

"금아!"

다급한 아버지의 목소리!

"왜 아직 피난가지 않았느냐? 빨리 나오너라."

고무신을 신는 둥 마는 둥 어머니와 나는 뜨락으로 나섰다.

그 순간 물을 머금은 흙집은 그대로 주저앉고 말았다.

아버지가 일분만 늦었더라면 우리 모녀는 그대로 깔려 버렸을 것이다.

살면서 죽을 고비 넘기기를 몇 차례!

이제는 백세 시대라고 이야기하고 있지만 참으로 알 수 없는 게 사람 사는 일이구나 싶다.

몇 년만 더 살고 싶다고 바래면서 세월이 흘러 벌써 구십!

사는 동안은 내 손으로 밥해 먹고 내 발로 걷다가 내 사랑하는 아들, 딸 다 불러놓고 그렇게 그렇게 가고 싶다.

사랑한다, 앞으로도 영원히!

서숙 쌀 서 되

"어머니! 어떻게 해요?"

"아가, 왜?"

"항아리에 서숙 쌀 서 되 정도 밖에 없는데 벌레가 버글버글해요.
그런데 시어머님께서 오신다고 점심하래요."

"아가, 어떻하니? 국수 삶아 드리거라. 안사돈도 이해하시겠지."

아무 것도 없는 부엌.

친정으로 가서 간장, 파, 마늘을 얻어와서 양념장을 만들고 국수를
삶았다.

낮에 집에 오신 시어머님!

빈 보자기 들고 오셔서는 야단이시다.

처음 방문한 시어머님께 낮에 밥 안하고 국수가 왠 말이냐고.

눈물을 참고 마음을 다 잡았다.

열심히 노력해서 우리 어머께 걱정시키지 않겠노라고.

지금은 만석꾼이 부럽지 않다.

내 아랫대가 40명!

의식주 모든 것이 아쉬울 것 없고 모두 다 제 몫을 하고 있으니 말이다.

나 죽어서 우리 어머니 만나면 엄마 딸, 금이 잘 살다 왔노라고 꼭 말씀드리고 싶다.

백일 떡

위로 딸 아이 둘을 보내고 상하(큰아들)를 낳았다.

낳아서 어릴 때 먼저 보낸 아이들이 너무나 가슴 아파 잊을 수가
없었는데……

금지옥엽, 귀하고 귀한 아들!

오빠가 병으로 먼저 가고 부모님께 하나 남은 무남독녀가 되어 대
를 잇지 못함이 평생의 한이 되었다.

그런데 아들을 낳았으니 어찌 귀하지 않으리!

무럭무럭 자라 100일이 되자 엄마는 떡을 만드셨다.

한 입에 쏘옥 들어갈 찰떡 100개에 콩고물을 묻혔다.

100사람에게 먹여서 우리 상하에게 좋은 일만 생기라고.

그리고 상주 장날!

떡바구니를 이고 시장에 나가서는 장보러 오신 분들께 한 개씩 드
렸단다.

숟가락에 하나씩 온 마음을 담아서!

자식 키우는 정성은 끝이 없나 보다.
우리에게 끝없는 은혜를 베푸신 우리 엄마는 내 아이들에게 더 없
는 외할머니셨다.
엄마가 계셨기에 우리 아이들 잘 키우고 이 살림 이렇게 일으킬 수
가 있었구나.
"엄마! 끝없이 사랑합니다.
다음 생에도 나는 엄마의 딸로 태어나렵니다."

오십만 원

▰

6·25사변!

우리 민족 모두에게 너무나 큰 사건!

우리에게도 피할 수 없는 너무나 힘들고 불안한 날들이 계속되고 있었다.

그러던 어느 날!

아버지께서는 기회를 좀 더 보신 후 뒤따라 오시겠다고 해서 나는 어머니와 함께 상하(성무) 손을 잡고 남편의 고향인 중동으로 피난 길을 나섰다.

그 동안 땅을 살려고 알뜰히 모아 두었던 돈 오십만 원을 숨겨 가지고!

남편이 보면 부모 형제에게 그렇게 주고도 또 주자고 할 것이 뻔하기에 감출 수 밖에 없었던 것이다. 그 당시는 화폐 개혁을 하기 전이라 오십만 원은 한 보따리였기에 피난 봇짐은 참으로 컸었다.

'타박타박'

네 살배기 우리 상하는 힘들다 소리 한 마디 하지 않고 걷고 있었다.

얼마나 대견하고 기특한지······

죽 한 그릇 못 먹이고 그리도 힘든 시간은 지나가고······

그날 저녁!

우리는 시댁 동네의 어느 외딴 집에 피난 봇짐을 풀었다.

배는 인왕산만하게 불러 있었고.

겨우 저녁밥을 지어 먹고, 난 어머니와 함께 어둠을 틈타 길을 나섰다.

누군가에게 도둑을 맞을까봐 우리 가족의 살 길이던 돈 오십만 원과 삽 한 자루를 들고 산을 올랐다. 파고 또 파고 깊이 돈을 묻었다.

그러나 그 날 밤, 나는 방에 들어가서 잠이 들 수가 없었다.

마루에 앉아 밤새도록 그 산을 지키느라 눈을 붙일 수가 없었던 것이다.

다시 밤이 깊어가자 나는 어머니와 함께 또 산을 올랐다.

내 옆에 두어야 안전하겠다 싶었던 것이다.

며칠 후!

이 돈을 어찌할까?

다시 부른 배를 안고, 난 마당에 커다란 장독을 두 개 묻었다.

피난 후 양식이 있어야겠기에 그리고 돈도 숨겨야 했기에.

돈 넣고, 쌀 넣고 그리고 보자기를 깔고 그 위에 나락(벼)을 가득 부어서 가려 놓고……

우리는 좀 더 먼 곳으로 피난을 했다.

전투기는 머리 위를 날고 있었고, 나는 오늘 내일 하는 둘째 아이를 기다리며 정신이 혼미해져 가고 있었다.

"엄마, 엄마"

애타게 어머니를 부르며 둘째 명하를 낳았고 그리고 나는 반 정신이 나가 있었다. 하루 하루가 지나고 나는 내가 미쳐 버리면 내 부모는, 내 아이들은?

어느 날 번쩍 정신이 들었다.

내가 똑바로 서지 않으면 아무 것도 할 수가 없다는 생각에.

둘째 명하는 출산 후 나의 건강이 너무나 나빴던 터라 젖도 제대로 못 먹여서 항상 걱정이었지만 나는 그렇게 그 돈을 지켜서 돌아올 수 있었던 것이다.

생명과도 같던 "돈 오십만 원!"

외가 나들이

◢

"금아, 외가 길은 끊지 말고 다녀야 한단다. 살기가 힘이 들거든
10년이 지나기 전에 한 번씩은 다니도록 하여라."

돌아가신 어머니의 목소리가 귓전에 스며든다.

산에는 하얀 눈이 무릎까지 빠지고, 해는 더 일찍 저물어 인적없는
산길은 무섭기까지 한데……

"정하야, 제발 빨리 오너라."

아무리 재촉해도 정하는 눈장난을 치면서, 눈 속에 빠진 신발을 건
져 올리면서 좀처럼 오려고 하지를 않는다.

머리에는 물건을 이었지, 등에는 옥하가 매달려 있지, 또 무섭기는
왜 그리 무서운지……

'사보테'

이곳은 내 외사촌이 살고 있는 동네 이름이다.

'산 밑에' 란 말이었던 것 같다.

대중 교통도 발달하지 않았던 그때 산길을 따라서 한 번씩 다니기란 정말 힘드는 곳이었다.

그러던 것이 어느 날 보니 산 밑에 공장 굴뚝과 함께 높고 커다란 건물들이 들어서기 시작했다.

하나, 둘……

'사보테' 란 이름은 가끔씩 사람들의 입에 회자될 뿐.

그곳이 옛날 그 힘들었던 곳이었다고는 생각할 수가 없다.

지금도 가끔씩 정하와 같이 친정 나들이를 한다.

어릴 때 나를 애태웠던 그 정하는 지금은 나를 태워서 나들이를 시켜주곤 한다.

현재는 칠곡군 '학산' 이라는 이름으로 불리우고 있는 나의 외가.

정신이 있는 한 잊어버리지 않으리라!

인사

■

"엄마!"

어린 정하가 숨가쁘게 뛰어와서 나를 부른다.

"왜?"

"뒷집 아저씨가 내가 인사하는데도 인사를 안 받아줘."

"그래? 그러면 다시 해야지."

"그래도 안 받아 주면?"

"그렇다면 아저씨 앞에 가서 다시 인사를 해야지."

"알았어."

정하가 급히 뛰어 나간다.

인사란 것은 사람이 살아가는데 있어서 가장 기본 예절이라고 생각한다.

어릴 때 부모님께서는 그렇게 호되게 나를 가르쳐 주셨고 나 역시 우리 아이들에게 그렇게 가르치고 있었다.

모든 행동은 마음가짐에서 나오고 그 마음가짐을 단정히 하기 위해서는 인사는 꼭 해야하는 것이었다.

요즈음은 앞, 뒷 집에 사는 데도 인사를 하지 않는다.

심지어는 어린아이들에게 인사하지 말라고도 가르친단다.

세상이 너무 험하다보니 부모로서 어쩔 수 없는 선택이라고 생각도 해 보지만 그렇다고 기본 예절을 무시하면 앞으로의 우리 나라는 어찌 될까? 참으로 걱정이 안 될 수가 없다.

"얘들아!

너희들은 웃는 얼굴로 열심히 인사하고 바른 말씨로 이야기하고 서로 공경하고 배려하면서 지내렴!"

태몽

◢

"어휴!"

사는 게 왜 이리 고단할까?

오늘도 하루 종일 들일이며 집안일이며 바쁘게 시간을 보내고 있었다.

새벽이 오기 전부터 발을 동동 구르며 별을 보고서야 자리에 등을 붙이는 그 나날들!

'갑자기 온 몸이 근질근질 자꾸만 가려워졌다.

속옷을 벗어 보니 옷솔기마다 까아만 이들이 스멀스멀 기어 다니고 있었던 것이다.

한 마리 잡아서 죽이고, 또 한 마리 잡아서 죽이고……

열 마리, 스무 마리, 서른 마리…… 백 마리는 죽였을까?

아! 이것도 생명인 데 끝없이 죽이면 어찌할까?

일어나서 나는 밖으로 나가 요강을 가지고 왔다.

한 마리, 두 마리 나는 다시 이를 잡기 시작해서 요강에 집어 넣고 있었다.'

여느 때와 마찬가지로 깜짝 놀라 일어나 보니 그것은 꿈이었다.
깨어나서도 온몸은 가렵기만 했다.

그 꿈과 함께 찾아 온 나의 막내 딸 옥하!
의료 시설이 발달하지 못한 그 시절 나는 8남매를 낳았는데 딸은 절반밖에 키우질 못하였고 우리 옥하의 성장은 참으로 힘든 시간의 연속이었다.
태어나면서부터 아프고 또 아프고 끝없는 병마와 싸움의 시간을 보냈다.
태몽이 그래서였을까?
죽을 고비를 얼마나 많이 넘겼던가.
나는 일이 끝난 후 밤마다 옥하를 부여안고 병원으로 향했고 많은 돈과 시간을 들여야 했다. 그 옛날에 난 옥하를 위해 봄, 여름, 가을, 겨울 각 계절마다 포대기와 덮개를 마련하였고, 용변을 볼 때도 안고 다녀야 했다.
절대로 내가 낳은 아이는 더 이상 잃지 않겠노라고 다짐하고 또 다짐했다.
겨우 걸음마를 시작하자 이번에는 밤눈이 어두워서 해가 지면 아무 것도 할 수 없었다.
김을 잘라서 저녁을 먹이고 나면 앉은 자리에서 움직일 수도 없었던 우리 막내!

알뜰히 거두어 초등학교를 보내니 눈물샘이 막혀 그 눈물샘을 뚫고자 매일 조퇴 후 기차를 타고 김천으로 병원에 다니며 일 학년을 보내야만 했다.

그런데 그것이 끝이 아니었다.

이 학년이 되자 홍역에 걸렸다.

얼마나 무서운 병이었던가!

또다시 일년을 보내고.

그렇게 그렇게 시간을 보낸 지금,

엄마가 정성을 어느 자식에게 덜 쏟겠냐마는 그래도 몸이 아파서 더 많은 신경을 쓰게 만들었던 만큼 지금은 건강한 몸으로 나의 손과 발이 되어주고 있다.

상주를 떠나서 대구에 갔다가 왜관으로 정착한 지 벌써 13년이 되었다.

70여 년의 시간을 보낸 상주가 꿈과 같은 생활이 되어 갔고, 지금은 덤과 같은 삶을 살고 있는 지도 모르겠다.

돌아가신 나의 부모님을 위해!

세금 5만 원

정하에게서 재산세가 나왔다고 전화가 왔다.

얼마냐고 물어보았더니 5만 원이 넘는다고 한다.

일 년이면 10만 원은 되는가?

90늙은이 재산으로 상당히 많은 액수인 것 같다.

어린 나이로 결혼한 후 한 푼, 두 푼 모아 살림을 이뤄가고 있을 때, 누구나 다 그랬던 것처럼 우리는 재산세 내는 것을 상당히 부러워하고 있었다.

내 앞으로 된 땅 한 평 없었기에 더욱 그러하였는지도 모른다.

버리는 것 하나 없이 아끼고 저축하고 그리고 조금씩 땅을 사서 농사를 짓고……

아이들이 제법 자랄 때는 다른 사람보다 살림살이가 더 나아져 있었다.

우리 논과 밭이 늘어가면서 남편은 우리도 세금 5만 원씩만 내고 살면 정말 원이 없겠다고 했다.

그러나 그 당시 세금 5만 원의 벽은 왜 그리 높은지.

5남매 공부시키다 보니 마련해 두었던 땅도 하나씩 하나씩 다른 사람의 손에 넘어가게 되고, 결국 정하가 고3이 될 무렵 마지막 남아 있었던 밭도 팔게 되었다.

다시 다른 일거리를 찾아 다니기 시작하고, 실패로 가슴앓이하면서 쌀을 한 되씩 사다 먹기도 하고……

너무나 어려운 시간들이 되풀이 되었다.

산등성이를 넘듯이 하나 넘으면 또 하나!

끝도 없을 것 같더니…… 또 많은 시간이 흘러갔다.

그런데 지금은 5남매 모두 많은 세금을 내고 있고 나 또한 5만 원이 넘는 세금을 내고 있으니 얼마나 행복한가!

옥하 아버지!

나 혼자서도 5만 원보다 더 많은 세금을 내고 있답니다.

금아! 너는 할 수 있을 거야

◢

"에미야, 나는 이제 바깥 출입을 못 할 것 같다.

요강 하나 싸악 씻어서 방 안에 들여다 놓거라."

변소에 다녀 오신 아버지께서 이렇게 말씀하셨다.

"아버지! 그게 무슨 말씀이세요?"

"글쎄, 아무래도 그럴 것 같구나."

갑자기 앞이 아득한 게 아무런 생각도 나지 않았다.

너무나 건강하게 계시던 아버지셨기에……

그 길로 아버지께서는 똥독이 올라서 정말 바깥 출입을 하실 수가 없었다.

어머니와 나는 지극 정성으로 아버지 병간호를 했지만 백약이 무효였다.

어느 날,

아버지께서는 나를 부르셨다.

"에미야, 너에게 부담이 될까봐 여태 이야기를 못했다만 내가 죽거든 선영에다가 묻어다오."

그 당시 아버지 고향에는 돌림병으로 어른들이 모두 돌아가신 후 아버지가 어린 관계로 재산은 다른 사람에게 다 넘어가고 선산조차도 외육촌 오빠에게로 넘어가 버리고 없었다.

그래도 아버지는 매년 추석이면 벌초하러 다니셨고 나도 그런 아버지의 마음을 잘 알고 있었기에 알았노라고 말씀드렸다.

그렇게 석 달을 편찮으시던 아버지께서는 추석을 지내고 나자 저세상으로 가셨다.

나는 아버지의 주검을 두고 감문면 구야에 있는 선산으로 향했다.

자리를 봐 주겠노라는 외육촌 오빠를 뿌리치고 풍수와 함께 자리를 봤다.

그 당시 다른 사람이 밭농사를 짓고 있던 곳이라 산소 한 자리만 달라고 사정 사정했다.

우여곡절 끝에 봉분을 짓고 나니 절할 수 있는 공간도 없었다.

조금만 더 자리를 달라고 애걸해도 소용이 없었다.

나는 상복을 벗었다.

터드레(여자 상주가 머리에 쓰던 것)도 벗었다.

다른 사람은 그곳에서 다 나가라고 했다.

원래가 내 땅인데 이럴 수는 없었다.

봉분 주위를 돌아 다니며 농작물을 다 뽑아냈다.

법으로 고소할려면 하라고 했다.

아버지께 제사 지낼 수 있는 자리만큼은 확보해야했기 때문이었다.

귀신도 저런 귀신은 없겠노라고 고래고래 고함 지르는 외육촌 오빠를 등 뒤로 하고, 나는 무사히 아버지 유언대로 아버지를 선산에 모실 수가 있었다.

나중에 들어 보니 외육촌 오빠는 이번 추석만 지나면 선친을 그곳에다 이장할려고 마음먹고 있었더란다.

그런데 아버지가 돌아가셨다는 부고를 듣고는 정말 잘 되었다. 설마 딸이 이곳까지 아버지을 모시고 올까 생각했단다.

그러면서 다른 사람의 복은 끌로도 못 판다고 한탄했다고 한다.

나를 좀 더 보살펴 주고 따라 오라시던 아버지의 말씀대로 어머니는 내 곁에 3년을 더 계시다가 아버지와 함께 묻히셨다.

그 후 나는 30여 년의 세월을 싸우고 또 싸웠다.

귀신도 감당할 수 없다며 결국 그 선산은 내 명의의 산이 되었다.

다시 비싼 돈을 주고 샀던 것이다.

"금아, 너는 할 수 있을 거야."

하시던 아버지 말씀대로 나는 실천할 수 있었던 것이다.

난 어느 집 아들 못지않게 모든 일을 해 놓았지만 임씨 성 이을 자손 없음이 늘 한스러웠다.

나는 돌아가실 때까지 그렇게 함께 가자고 부탁하던 남편의 옆을 마다하고 저 세상 갈 때는 내 어머니 앞에 묻히고자 한다.

그러면 외손이나마 우리 어머니, 아버지 보살펴 주러 일년에 한 번은 찾아오겠지.

어머니 가시던 날

또 날이 밝았다.

새 날이다.

오늘도 나는 어머니께 물어본다.

"어머니, 오늘 아침에는 무엇을 해 먹을까요?"

"아버진 뭘 잡수시고 싶어요?"

"에미야, 뭘 또 물어보니? 넌 매일 매일 귀찮지도 않니?"

"어머니, 그 재미도 없으면 어떻게 살아요?"

"하긴, 네가 그렇게 물어봐 주니 나는 참 좋지. 하지만 네가 하고 싶은 것 해 오면 다 맛있어서 잘 먹지."

그 시절은 모두가 가난하게 살던 시절이라 특별한 것도 없었다.

밀농사를 많이 지었기에 밀가루는 항상 있었다.

국수도 만들어서 삶고 갱시기에 수제비도 넣어서 끓이기도 했다.

그렇게 지내던 우리 어머닌 팔을 다치셔서 10여 년을 제대로 못 쓰셨다.

의술이 발달하지 못했던 시절이라 팔목 부러진 것을 깁스 했다가 풀어 보았더니 '아뿔사!' 손의 방향이 잘못 붙여진 것이다.

그로 인해 나는 10여 년을 어머니 세수를 시키고, 머리를 감기고 목욕을 시켜드려야 했다.

4남매와 어머니, 바쁘기는 얼마나 바쁜 지……

그 후 나는 옥하를 낳았고……

어머니께서는 에미 좀 더 돌봐주고 오라시던 아버지 말씀대로 몇 년을 더 내 곁에 계시다가 아버지 곁으로 가셨다.

그러나 나는 마지막을 끝까지 지켜 드리지를 못했다.

남편 혼자 어머니를 모시고 감문면 구야로 향했고 나는 상여 나가신 후 터드레를 벗어 놓고 옥하를 치마에 싸 안고 병원으로 향했다.

우리 옥하가 곧 죽을 지경이었던 것이다.

세상에서 하나 뿐인 어머니!

실컷 울어보지도 못하고 마지막 가시는 길도 다 배웅해 드리지도 못하고 그렇게 시간을 보내었다.

너무나 애틋한 마음에 어머니가 보고 싶어 나는 시간이 날 때마다 그 먼 길을 달려 가곤 했다.

그러던 어느 날!

어머니를 애타게 부르고 있었는 데 갑자기 산소에 불이 붙었다.

"어머니!"

혼비백산하여 불을 끄고 나서는 나는 한 동안 어머니 산소에 갈 수가 없었다.

어머니께서 내 삶으로 돌아가라고, 다시는 눈물 보이지 말라고 야단치신 것이라 믿었기 때문이었다.

언제나 나에게 가장 정다운 어머니!
어느 한 날 한 시도 당신을 잊어 본 적이 없습니다.
머지 않아 당신에게로 돌아가는 날 그 앞에 누우렵니다.
보고 싶은 어머니!
오늘 밤 꿈속에서 나타나시려나?

도시락

"엄마, 참 이상해요."

"왜?"

"학교가서 점심 시간에 밥을 먹는 데 밑으로 가니까 자꾸 시커먼 보리밥이 나와요."

성무의 말이다.

워낙 힘들게 살던 때인지라 쌀은 구경하기도 힘이 들었던 시절!

매일 밥을 할 때마다 보리쌀을 쌀처럼 깨끗하게 씻어서 위에다 쌀 한 줌 얹고 밥을 하지만 친정 아버지 밥과 남편의 밥을 뜨고 나면 남는 것은 꽁보리밥.

아들 도시락에 보리밥 담고 위에다가 쌀밥으로 살짝 위장을 해서 보내곤 했던 것이다.

"엄마, 그냥 보리밥 싸 주서도 됩니다.

우리보다 더 가난해서 빈 도시락 가져와서 샘 가에서 물만 먹고 점심을 대신하는 아이가 얼마나 많은데요."

성무의 말은 나의 가슴을 참 아프게 만들었지만, 저축을 해야 아이들 공부시키고 잘 살 수 있기에 쌀밥 한 번 제대로 못 해주고 지나던 시간들이었다.

지금은 어떤가?

상주에도 감문면 구야에도 내 이름으로 된 논에서 쌀을 도지로 받고 있다.

미국에 가 있는 큰 아들은 줄 수가 없지만 여기 있는 4남매는 그곳에서 나오는 하아얀 쌀로 밥을 지어 먹고 있다.

"어머니, 정말 쌀이 밥해 놓으면 맛있어요."

라는 아들, 며느리, 딸들.

이제는 손자들에게도 이 맛있는 쌀을 주고 싶다.

우리 모든 가족들 걱정없이 살아 주니 정말 고맙구나.

형수님, 성무 지게는 지우지 마세요!

◢

    힘든 세월이 계속되는 속에서도 나는 조금씩 늘어나는 논과 밭, 그리고 아이들의 커가는 모습이 최고의 기쁨이었다.

    특히 우리 성무는 마음도 참 착하지만 공부도 항상 1등이었다.

    상영초등학교에 다닐 때에는 6·25사변이 끝난 지 얼마의 시간이 지나지 않았기 때문에 모든 물자가 부족하기만 했다.

    학교에는 책상이 없어서 앉은뱅이 책상을 만들어서 가지고 다녀야 했고 학교 공사 때문에 절반의 시간은 이웃에 있는 창고 그늘에서 수업을 받곤 했다.

    그래도 묵묵히 엄마 일을 도와 가며 불평 한 마디 없던 아들!

    상주 중학교에 입학을 하고도 1시간 넘는 길을 걸어 다니며 공부는 역시 1등!

    공부 잘하는 아이들은 대구로 서울로 유학을 갔지만 우리 형편에는 엄두도 못 낼 일.

    결국 상주 고등학교에 입학했다.

그 당시 상주 고등학교는 동반과 서반으로 나누어진 아주 작은 학교였다.

그때 신혼 살림을 우리 집에서 시작한 만형아재 - 상주 고등학교에서 교사로 있던 - 가 살고 있었다.

그 아재는 나에게 항상 이렇게 말하곤 했었다.

"형수님, 성무 지게는 지우지 마세요!"

이 이야기를 들으며 농군의 자식이지만 고등학교 졸업 후 지방 공무원이라도 꼭 시켜야 되겠다고 다짐을 하였다.

그러나 우리 성무는 명석한 두뇌와 끈질기게 노력하는 성실성을 지니고 있었다.

공부는 변함없었고……

하지만 첫 대학 입시 - 서울대학교 - 는 실패의 쓴 잔을 맛봐야만 했으며,

2차로 경희대 원서를 쓰기는 했지만 시험보는 것을 포기해야만 했다.

"엄마, 고등학교 갈 때 상주에서 그냥 있었으니 대학은 한 번만 제 뜻대로 할 수 있게 해 주세요."

라는 성무의 간절한 소망을 들어줄 수밖에 없었기 때문이었다.

성무를 보기 위해 야간 열차를 타고 다니는 세월이 시작되고 있었다.

정말 힘든 1년의 세월이 흐른 후,

우리 성무는 우리나라에서 제일 어렵다는 '서울대학교 상과대학 경제학과'를 장학생으로 다니는 자랑스런 아들이 되었다.

그러나 부모의 욕심은 끝이 없다고 했던가?

라디오에서 흘러 나오는 서울대학교 수석 합격자 발표를 들으며 저 아이 엄마는 어떻게 교육을 시켰길래 일등을 할 수 있었을까 속상하기만 했다.

하지만 지금에 와 보니 그때로서는 상상도 못했던 위치에 와 있는 성무가 몹시 자랑스럽다.

지게를 지지 않는 것은 물론이고 미국의 알리바마 대학교(헌츠빌)에서 종신 교수 - 컴퓨터 공학박사 - 로 열심히 연구에 몰두하고 있다.

이제 고희를 바라보고 있는 내 아들 성무야!

항상 건강한 몸을 유지해서 즐겁고 재미있게 살렴!

나의 첫 고3 입시 생활

날이 어두워지고 나서야 저녁밥을 지어 먹고 매일 매일 계속되는 부엌 일을 마친 후 나는 바느질 소쿠리를 들고서 건넌방으로 향했다.

나의 첫 고3 입시 생활의 시작이었다.

큰방에는 남편과 4남매가 잠이 들어 있었고, 건넌방에는 큰아들이 책상 앞에 앉아 있었다.

"성무야, 잠이 오니?"

"아니, 괜찮아요."

그렇게 아들은 공부를 하고 나는 밤마다 양말을 기우고, 옷을 깁고 하면서 깊은 밤을 지내고 있었디.

그 당시 우리 집은 큰 길에서 5분 정도는 골목길을 더 걸어 들어와야 하는 가장 끝집이었다.

전기는 큰길까지만 들어와 있었고, 우리 골목에는 돈이 많이 드는

지라 전기를 함께 넣을 사람은 한 집도 없었다.

　나는 혼자서 아들의 공부를 위해서 골목길에 전신주를 세우고서야 우리 집까지 전기를 끌어올 수가 있었다.

　어떻게 하든 아들의 공부를 도와줄 수 있는 길은 그런 것 밖에 없었던 것이다.

　어느 덧 괘종시계가 2시를 가리키고 있었다.

　"성무야, 나는 그만 자야겠다. 넌 조금 더 하고 자거라."

　나는 또 새벽 4시면 일어나야 했기에 두 시간이라도 눈을 붙여야만 했던 것이다.

　몸은 솜에 물을 적셔 놓은 듯 무거웠지만, 나는 아들에게 내가 할 수 있는 최선의 일을 하고 있었다.

　먼 훗날!

　정하가 하는 이야기를 들었다.

　"큰오빠, 고3때 엄마가 오빠 공부하느라고 잠을 안자고 있으니까 엄마도 주무실 수가 없었대요."

　그러자 성무가 말하기를

　"엄마는 내가 공부하고 있으니까 피곤해도 주무실 수가 없었다고 말씀하시는데, 사실 나는 엄마가 내 옆에서 안 주무시고 바느질하시고 계시니까 정말 잘 수가 없었단다."

　"엄마는 아들 위해, 아들은 엄마를 위해 그렇게 동고동락 했던거란다."

그 후로 6번이나 더 고3 입시가 지나갔지만 명하는 김천고등학교를 다녔기 때문에 기숙사 생활을 하고 있었고, 재수 - 아들들 - 할 때는 서울에 있었고, 딸들은 흐르는 시간에 장사 없다고 누워서 불러보는 것으로 대신 하고 있었다.

"정하야! 안 자고 공부하고 있니?"

"열심히 해라."

자전거 타기

우리 명하가 상주 중학교까지 1시간이 넘는 거리를 걸어서 다닐 때 자전거 한 대를 사주지 못했던 것이 살아가면서 계속 마음 아팠었는데 '그때 자전거 하나 사 줄 걸' 하던 그런 세월이 얼마나 흘렀을까.

'지천명(知天命)' 의 나이 50이 되어서 나는 자전거를 배우기 시작했다.

그 바쁜 시간들을 두 발을 동동 구르며 이리저리 뛰어다니던 그 때에는 배울 엄두도 못 냈었는 데 늦었다고 생각들 때가 가장 빠르다고 했던가?

하루 24시간을 25시간으로 쪼개어 아침, 저녁으로 자전거 배우기에 몰입했다.

저전거는 균형만 잘 잡으면 넘어지지 않고 탈 수 있는 것.

특히 삼백(三白)의 고장이라고 일컬어지고 있는 상주는 자전거 바퀴까지 보태서 사백(四白)이라고 불리워질 만큼 우리나라에서 자전거가 가장 많은 도시였다.

 - 삼백(三白)의 고장 : 쌀, 명주, 곶감이 많이 생산된다고 해서 그렇게 불려지고 있음 -

또 아이들이 걸음만 걸을 수 있으면 자전거를 탄다고 하는 이야기가 있을 정도니 자전거가 얼마나 많겠는가.

얼마의 시간이 흐른 후 나는 익숙하게 자전거를 탈 수 있었고 아침이면 시내 한 바퀴를 돌고 나서야 집안 일을 시작하곤 했다.

그날도 나는 아침 일찍 시원한 가을 바람을 맞으며 자전거 타기를 즐기고 있었다.

큰길은 등교와 출근하는 사람들로 활기에 차 있었고, 시장 곳곳에서는 아침 장이 한창 서고 있었다.

그런데 눈 깜짝할 사이 피할 곳도 없이 나는 아스팔트 위에 내동댕이 쳐지고 말았다.

정신을 차리고 보니 까까머리 중학생이 겁에 질린 얼굴로 나를 내려다보고 있었다.

내 뒤에서 내 자전거를 박아 버렸던 것이다.

억지로 일어나서는 그 아이에게 괜찮다고 하면서 학교로 보내고 나는 겨우 겨우 집에 돌아올 수가 있었다.

병원에도 가지 않고 미련스럽게 아픈 등을 안고 참으며 얼마나 긴 시간을 보냈을까?

한참 후 병원에 가서 사진을 찍어 보니 척추가 부러졌었단다.

그 몸을 해 가지고 일을 했으니 스스로에게 참 미안했다.

그 후로도 상주를 떠나올 때까지 나의 자전거 타기는 계속 되었다. 완전 프로 선수급으로.

그 당시 자전거 아닌 차 운전을 배웠더라면 하는 아쉬움이 가끔 들기도 했지만 자전거를 배운 것은 참 잘한 일 중의 하나였다고 생각한다.

야간 열차

쏟아지는 잠을 뒤로 하고 오늘도 난 야간 열차에 몸을 실었다.

서울로 유학간 아들을 보기 위해 낮에는 한 몸이었지만 두 몸처럼 다니다가 잠자는 시간을 이용해서 자는 둥 마는 둥 ……

새벽에 서울역에 도착하면 글쎄 두·세시간 잠을 잤을까?

잠 안오는 약을 먹어가며 24시간을 48시간처럼 사용해야 했으니 얼마나 바쁜 날들이었을까?

너무도 없었던 살림인지라 부지런함만이 재산이었던 우리에겐 시간이 돈일 수밖에 없었던 것이다.

처음에는 고등학교 시켜서 지방 공무원이라도 시켜야지 하던 것이 공부를 잘한 덕에 조금씩 조금씩 기대치가 높아가고 있었다.

항상 1등을 하던 큰아들이 우리 나라에서 제일 좋다는 서울대학교 상대 경제학과를 들어가자 태어날 때부터 몸이 약했던 작은아들을 위해 더 열심히 노력했다.

서울로 김천으로 야간 열차를 탔고, 그래도 하늘을 나를 것만 같았기에 나는 전혀 힘든 줄도 몰랐다.

시간이 흘러 세 딸도 한 학년씩 올라가고 있었다.

공부 못한 서러움을 딸들에게 물려주기 싫어 다시 허리끈을 조여맸다.

나이가 많은 남편은 일손을 놓았기에 내가 더 열심히 노력해야만 했던 것이다.

그렇게 애지중지했던 큰아들이 벌써 내년이면 칠십을 바라보고 있다.

지금은 미국에서 알리바마 대학교(헌츠빌)의 컴퓨터 박사로 종신 교수로 근무하고 있다.

내 마음의 첫사랑이었고, 내 마음속의 큰 기둥인 아들이 참 보고 싶을 때가 많다.

어느 곳에 있어도 내 아들인 것은 변함없지만 그래도 나이가 드니 더 많이 보고 싶다.

눈을 뜨고 있어도, 눈을 감고 있어도 항상 보이는 내 아들 상하야!

정말 그립구나!

백지 편지

"빠앙~~~"

입영 열차는 기다란 꼬리를 흔들며 눈 앞에서 사라져 갔다.

눈에 넣어도 아프지 않은 큰아들을 기차에 태워 보내고 뭐라 말할 수 없는 서러움에 집에 돌아와서는 대성통곡을 했던 시간이 걱정의 시작이었음을 그 때는 어찌 알 수가 있었을까?

공부를 더 하겠노라고 대학을 마치고 대학원 진학을 하고 늦깎이로 입대를 한 큰아들!

좀 편한 곳으로 배치받기를 두 손 모아 간절히 기도 했는데 ……

최전방, 오음리?

들도 보도 못한 머나먼 곳으로 자대 배치를 받고

그렇게 군대 생활이 시작되었다.

워낙 말이 없던 아들이었기에 그 고생이 얼마나 심했을는지 그저 짐작뿐이었는데……

어느 날!

느닷없이 날아온 소식 한 자!

'어머니! 월남으로 파병갑니다.'

그 당시 월남(베트남)은 월맹군과의 싸움으로 살아오기를 기약하기도 힘든 곳이었던 터라 나는 하늘이 노래지고 있었다.

파병갈 날을 받아 놓고 이야기하는 지라 어떻게 말려볼 수도 없었다.

라디오에서는 매일 매일 맹호부대니 백마부대니 파병 소식과 월남전 소식으로 많은 시간을 할애하고 있었고, 피말라가는 내 가슴은 나날이 멍들어가고 있었다.

'성무야, 바빠서 편지 쓸 시간이 없으면 백지라도 한 장 넣어 보내거라.

그러면 네가 무사하다는 것을 알테니까 꼭 그렇게 하렴.'

그렇게 매일 백지 편지를 기다렸다.

전쟁을 겪어보지 않은 사람은 그 실상을 어찌 알리오.

내가 태어나고 치루어 낸 전쟁들이 얼마나 힘든 것인가를 너무나 잘 알기에 하루하루는 장독대에 정화수를 떠놓고 기도로 시작되고 기도로 마치고 있었다.

육순 잔치

"어머니, 저 미국 갑니다."

뜬금없는 성무의 목소리다.

아니, 미국엘 가다니……

잘 다니던 회사는 그만두고 아이들 셋을 데리고 나이 마흔이 다 되어 미국엘 가겠다니 망치로 뒤꼭지를 한 대 얻어맞은 기분이다.

한동안을 아무 생각도 못하고 며칠이 지났다.

아버지는 벌써 칠십도 중반을 바라보고 있는 데 장남이 공부하러 간다고 하니 그럴 수가 없다고 난리이시고.

그냥 주저앉혀야 된다고 성화이시나 이 일을 어찌할까?

성무는 큰 일은 거의 일을 저질러 놓고 나에게 알리니 내가 어찌할 방도가 없다.

그저 저 하는 대로 따라줄 수 밖에.

그래서 생각을 고쳐먹기로 했다.

아들은 어차피 나보다 오래 사는 인생이니 스스로 갈 길은 스스로

개척해 나가고, 나는 나대로 살아가야 되겠노라고.

먼 길 떠나는 아들 기분좋게 보내 주기로 말이다.

시끌벅쩍!

모두 새 옷으로 단장하고 가족, 친지들이 다 모였다.

내 동무들과 이웃들도 다 모였다.

나의 육순 잔치!

세월이 어떻게 될지 몰라 나의 육순 잔치를 핑계로 나는 성무를 그렇게 배웅하고 있었다.

아들따라 교회가기

▰

　70이 홀쩍 저만큼 갔을 때 나는 어버이날 선물로 세 딸이 마련해
준 비행기표를 들고 하와이로 향했다.
　그런데 나는 사돈들이랑 여행하는 게 인연인가 보다.
　금강산 여행은 큰딸의 시아버님과 함께였고 하와이 여행은 둘째
딸의 시부모님과 함께였으니 말이다.
　물론 하와이를 떠날 때에는 나는 아들들이 있는 미국으로 떠나왔
기에 길이 달랐다.
　4박 5일의 하와이 구경을 끝내고 작은아들이 있는 로스앤젤레스
로 왔다.
　시골 할머니 혼자의 여행이라니 참 대단하지 않는가!
　스스로 생각해도 참 대견했다.
　그곳에서 며칠을 머물고 나는 다시 큰아들이 있는 조지아주로 향
했다.
　대구에서 서울로, 다시 하와이로, 로스엔젤레스로, 조지아주로!

미국에서 사람을 만나 사교의 장을 만든다는 것은 교회를 통하지 않으면 안 된다고 한다.

그러면서 미국에 간 큰아들네는 교회를 다녔다.

큰며느리는 신학대학원까지 나와서 목사가 없으면 대신까지 한다고 하니 대단하다는 생각이 들었다.

남편이 정말 불심이 대단했던 분인지라, 그리고 조상에 대한 마음이 지극했기에 교회에 다니는 것을 말렸었지만 사는 곳이 그러하다고 하니 어쩔 수가 없었다.

미국으로 갈 때부터 그들의 삶은 저 편의 것이 되어 버렸던 것이다.

그러나 우리 큰아들은 제사 때 절도 하고 제삿밥도 먹고 다 하기 때문에 그냥 인정해주고 지내고 있다.

어느 일요일!

"어머니! 저희들 교회가는데 따라 가시겠어요?"

큰아들이 물었다.

"그래. 가자."

나는 큰아들네를 따라서 교회로 갔다.

큰아들네가 다니는 교회가 어떤 곳인지 궁금했기 때문이었다.

모든 사람들이 '아멘' 할 때 나는 '관세음보살' 하면 되지 하고 생각하면서. 교회 한 쪽 구석에서 예배를 볼 때 나는 내 가슴에 들어와 있는 부처님께 기도드렸다.

미국에 살고 있는 내 아이들을 위해서.

"나무관세음보살! 나무관세음보살!"

명하의 심장 수술

▰

60평생을 선천성심장병으로 고생을 하던 명하가 심장 수술을 받았다.

둘째 손자 현승이가 의사로 있는지라 편안한 마음으로 시작했지만 수술이란 게 어디 말처럼 쉬운 것이란 말인가!

병원에 누워 있는 모습을 엄마에게, 그리고 동생들에게 보여 주기 싫다고 퇴원하여 건강해질 때까지 아무도 오지 말라고 한다.

낳으면서부터 걱정이던 그 아들이 어떤 아들이라고 평생을 품에 끼고 살았는데 ……

'보고 싶은 내 아들, 명하야!'

'어머니, 아버지! 우리 명하 좀 도와 주세요!'

매일 매일 빌고 또 빌며 시간을 보내고 있었다.

며칠 후!

음력 6월 14일!

시어머님의 제삿날이 되었다.

집안에 아픈 사람이 있으면 제사를 지내지 않는다고 한다는 다른 사람들의 말, 말, 말

나는 그냥 지낼 수가 없었다.

둘째 정하와 함께 산소를 찾았다.

몇 년 전까지만 해도 함께 모셨던 제사였기에 정하는 모든 준비를 집에서 모시듯이 완벽하게 해 가지고 왔다.

너무나 고마웠다.

한 여름이라 날씨는 찌는 듯이 무더웠고, 흐르는 땀은 강물이 되고 있었다.

산소 앞에 음식을 차려 놓고 난 또 빌었다.

'어머니! 우리 명하 좀 잘 보살펴 주세요.'

항상 죽은 조상도 산 조상처럼 모시라 당부하신 우리 어머니 말씀처럼 난 시어머님께 정성으로 간절히 기도했다.

집으로 돌아오는 길은 날아갈 듯 편안했다.

그날 밤!

난 꿈 속에서 시어머님를 만났다.

활짝 핀 꽃밭에서 난 한 아름이나 되는 예쁜 꽃을 선물받았다.

어쩌면 그리도 아름다울 수가 있을까!

일어나서도 그 여운을 떨칠 수가 없었다.

제발 나 죽기 전에는 절대로 먼저 저 세상 가지 말라고 빌고 또 빌

었던 우리 명하!

　그 후 명하는 퇴원을 했고 지금은 너무나 건강한 몸으로 잘 지내고 있다.

　명하야, 정말 고맙다.

부처님 아홉 불

벌써 26년 전,

천봉산 기슭에 둥지 튼 홍복사 천불전!

그 당시 부처님 한 불에 200,000원이라는 돈을 드리고 불사에 참여했다. 시부모님 내외분, 친정어머님 내외분, 남편 이렇게 돌아가신 다섯 분과 나, 성무, 명하 그리고 또 하나 정하.

왜 딸은 정하만 했느냐고 사람들이 물어본다.

정하는 절과 인연이 무척 깊다고 생각하니까.

태어날 때부터 백호상을 타고 났으니까 떨어질래야 떨어질 수가 없는 것 같다.

나는 남편이 돌아가시기 전에는 절에 다니지를 않았다.

남편 혼자만 열심히 절에 다녔고 너무나 불심이 강해서 혼자 몸 수양하는 것은 둘째 가라면 서러워 할 것 같았다.

사람들이 우리 집을 부를 땐 '유대목네' 라 한다.

왜냐구?

남편은 대목이었다. - 큰 집을 짓는 사람을 목수 중에서 대목이라 하고 작은 것을 만드는 사람을 소목이라 함 -

그중에서도 절집을 많이 짓는 솜씨있는 장인이셨다.

평생을 그 길에 매진하였으니 절과의 인연이 보통 인연이었겠는가!

같은 성질의 자석은 서로 밀어낸다고, 남편이 지극한 만큼 나는 절과의 인연을 멀리 했었다.

그러나 남편이 다른 길로 가시던 날,

홍복사 철원스님께서 축원해 주러 오셨다.

좋은 길 가시라고 간절히 빌고 가시는 길 나에게 말씀하셨다.

'처사님께서 보살님을 안내하실 것 같습니다.'

정말이었던 것일까?

남편이 돌아가시고 난 후 나는 울타리가 없어진 허허벌판에서 마음 줄 곳이 없었나 보다.

나는 나도 모르게 부처님께 매달리고 있었다.

매일 매일 절에 가고 불사가 있을 때면 없는 돈에도 시주를 하고 그렇게 부처님 아홉불께서 천불전에 앉으셨다.

그리고 남편이 지으신 상주 포교당 종불사 때에는 손자, 손녀들의 이름을 모두 종에 새겨넣고 있었던 것이다.

어느 날,

정하와 함께 홍복사에 들렀다.

상주를 떠나온 후 참 오랜만에 농사 지은 쌀 한 포대를 들고.

스님께서는 정말 반겨주셨고 종종 놀러 오라고 하신다.

천불전에 다녀온 정하가 묻는다.

"엄마, 우리 부처님 찾아 봐도 없는데?"

집으로 돌아오는 길에 이야기 해 주었다.

천불전 부처님 금불사할 때 시주를 하지 않았기에 다른 사람이 대신하고 그 이름으로 되었노라고.

그러나 서운하지는 않다.

어차피 부처님이란 내 마음속에 자리잡고 있으니까 말이다.

한창 열심히 절에 다닐 때 설거지하는 나의 가슴에 한 가득 들어오신 그날의 부처님께서 나의 마음속에 힝상 같이 하고 있으니까~~~

나무아미타불, 관세음보살!

종소리

언제 적에 들었을까
당신의 그 소리를
멀리서 환청처럼 들려오는
뎅~~~
뎅~~~

그 속에서
난 손자, 손녀들의 미래를 꿈꾸어 본다
진경이, 화경이, 도니
희승이, 현승이
영민이, 다정이, 영효
하나, 한영이
그리고 새벽, 마을

12명 이름 실은 포교당 범종 소리
매일 새벽을 밝히고
청아한 그 소리 멀리 멀리 날아가
온 산천의 맑은 기운
실어다 주렴

오늘도
내일도
그리고 또 내일도

(상주 포교당 종불사에 12명 손자, 손녀들 이름을 올려 놓았음)

진경이

◢

"어머니, 진경이는 정말 어머니를 꼭 닮았어요.
일하는 것을 보면 꼭 어머니 같아요."

오랜만의 서울 나들이.
아들, 며느리, 딸, 그리고 손녀도 보고 싶고.
큰 며느리가 말했다.
"어머니, 진경이 데리고 새마을 금고에 좀 다녀 오세요.
진경이 저금 좀 하게요."
나는 여섯 살 난 진경이 손을 잡고 새마을 금고로 향했다.
조막만한 손을 잡으니 얼마나 사랑이 넘쳐나는 지……
그런데 문 앞에 오자 진경이가 나를 밖에서 기다리란다.
"왜?"
"할머니, 같이 들어가면 사람들이 나 혼자서 그것도 못한다고 흉
보잖아요. 그러니 할머니는 밖에서 기다리세요."

자라는 것은 떡잎만 봐도 안다고.

우리 진경이는 어릴 때부터 독립심도 강하고 탐구력도 인내력도 대단한 아이!

책을 볼 때면 옆에서 난리가 나도 그것에 푹 파묻혀 지냈으니 어찌 성공하지 않을 수 있겠는가?

낯선 미국 땅에서 다섯 식구 열심히 노력해서 그 어렵다는 아이비리그에 입학하고 콜롬비아에서 법학박사를 따고, 변호사로 활동하고 있으니 참으로 대단하다.

동화 속 공주

파란 색 코트 길게 드리우고
아장아장 걸어가는
우리 공주님

우는 언니 안쓰러워
옆 집 아이 가차없이 응징하는
정의의 사도

(화경이는 나에게 항상 어린 공주님!)

덤

‘덤’ 이란 게 무엇인가?

주고 또 더 주는 것, 그래서 아주 기분좋은 것이 아닐까?

어느 날 큰 사위가 나에게 장모님 덕에 덤으로 얻은 놈이 너무나 사랑스럽단다.

둘만 낳고 안 낳을려고 했는데 장모님이 하도 낳으라고 권하는 바람에 하나 더 얻은 보물이라던가.

‘김영효, 지금은 한겸 아빠’

서글서글하고 붙임성 있는 게 모두에게 인기있는 아이다.

사람은 살면서 12구비를 넘는다고 했는가?

질풍노도시기를 지나고 나니 혼자서 우뚝서는 게 어느 누구와도 비길 바가 아닌 것 같다.

지난 겨울 영효는 의기양양하게 말했다.

"할머니, 저 집 장만했습니다. 동탄에 아파트 하나 분양 받았어요."

커다란 도움없이 혼자서 아파트를 마련했다고 하니 정말 기뻤다.

영효는 이제 곧 또 한 아이의 아빠가 된다.

탄생

"엄마! 양수가 터졌어요."

아침 7시 30분이다.

예정일은 아직 보름 이상 남았는 데 말이다.

산바라지 해 줄 아주머니와 함께 둘째 정하를 데리고 상주 병원으로 향했다.

그러나 배가 아픈 기미는 없고 의사와 간호사만 왔다~갔다~

큰일이다.

이 일을 우야꼬……

딸의 팔뚝에는 링거줄이 꽂혔고,

유도분만제를 최대한으로 넣고 있다는 데도 배는 아프다 말다를 반복, 잠까지 온단다.

그렇게 시간은 12시간을 넘기고 밤이 되었다.

난산이다.

양수 터진 지 14시간!

딸은 정신이 오락가락 하는 것만 같고······

아이는 나오질 않는다.

밖에서 기다리라는 말도 아랑곳없이 나는 분만실에 들어갔다.

도저히 견딜 수가 없다.

밤 9시 37분!

의사의 도움으로 아이의 머리를 당겨내고······

"응애, 응애~~~"

궁둥이를 맞고서야 막혀있던 숨을 내쉰다.

딸이다.

아이를 여덟이나 낳았지만 이런 난산은 처음이다.

딸이 잘못될까 봐 얼마나 걱정했던 지.

다시는 아이를 낳으라고 하지 않겠노라 다짐했다.

손자, 손녀 12명!

그러나 탄생을 지켜본 것은 이 아이가 처음.

재롱을 부리며 자박자박 걷기 시작하는 것을 즐길 즈음 딸은 대구로 이사를 가 버렸다.

허전한 마음을 달랠 길 없고.

그러나 내가 가장 어려울 때라 돌봐 줄 수가 없었다.

둘째 한영이를 출산할 때는 나를 따라 오겠노라고 대성통곡하던 너를 두고 얼마나 가슴 아팠던 지······

두고 두고 마음에 걸렸다.

그러던 것이 이제는 뽕순이(김규연)의 엄마가 되었다.

우리 하나가 엄마가 되었다는 사실이 너무나도 신기하다.

하나야! 언제 봐도 신통하고 기특하구나.

뽕순이한테 잘하고 김서방하고 재미있게 살거라.

지나고 보면 짧은 세월!

서로 많이 사랑하고 즐기며 위해 주어라.

오늘 이 시간이 가장 아름답다는 것을 명심하렴.

엔젤 대두

"따르릉 따르릉……"

다급한 전화벨 소리.

"여보세요!"

"장모님, 이서방입니다. 조금 전 아들을 낳았습니다. 그런데 에미가 제왕절개를 했습니다."

수화기 너머에서 들려오는 사위의 목소리에 나는 눈 앞이 캄캄해졌다.

어떻게 숨을 쉬는 지도 몰랐다.

아직도 예정일이 2개월 정도 남았는데……

아이는? 내 딸 정하는?

허겁지겁 시외버스를 타고 병원에 도착하니 다 저문 저녁!

입원실에 도착하니 정하는 아직 마취에서 다 깨어나지도 못하고 있었다.

'어찌할거나, 어찌할거나.'

발만 동동 구르고 마음이 바쁘기만 했다.

한참 시간이 흐른 후 병원 청소하는 아주머니들의 이야기 소리에 웃음을 찾을 수 있었다.

"여덟 달만에 나온 아이가 참 똘망똘망한 게 희한하지요?"

"엄마! 우리 애기 말하는 거지요?"

"그래, 그런가 보다."

겨우 몸을 일으킨 딸 아이와 함께 신생아실 유리창 너머로 본 아이는 인큐베이터 속에서 링거줄을 머리에 매단 채 새근새근 잠자고 있었다.

머리만 커다랗고 뼈와 살가죽만 붙은 아이!

"엔젤대두!"

이게 바로 그 아이의 애칭이다.

지금은 자라서 의젓한 직장인으로 한 몫을 담당하고 있는 우리 한영이!

벌써 30살이 되었다.

사람 구실할까 노심초사하였는데 저렇게 건강하게 잘 자라주다니 너무나 감사하다.

다른 어느 손자보다 더 고맙다는 생각이 드는 것은 태어날 때의 그 모습 때문이리라.

이제 더 바랄 것이라곤 단 하나!

어서 결혼해서 일가를 이루는 것을 보고 싶구나.

"엔젤대두"

큰 머리만큼 한 바다 같은 마음을 가지고 항상 한 날 같이 열심히 노력하려므나.

새벽마을

새벽마을이라?

이게 뭘까?

새벽마을이 아니라 새벽이와 마을이!

나의 사랑스런 막내 딸 옥하의 두 아들 이름이다.

특히 마을이는 딸인가 하는 사람이 많다.

아마도 아들 둘인 집에는 둘째가 딸 같다고 하는 영향일 듯하다.

새벽, 마을!

막내 사위가 프랑스로 유학을 가서 두 아들을 낳았는 데 둘 다 그렇게 한글 이름으로 했다는 것이다.

아마 동 틀 무렵 세상을 밝히라는 뜻으로 '새벽' 이, 또 다른 사람들과 둥글둥글 어울려 살라는 뜻으로 '마을' 이 이렇게 지었던 것이 아닐까 생각해 본다.

새벽, 마을!

그 아이들은 나에게는 가장 가까운 이웃이다.

요사이는 부모형제보다 이웃사촌이 더 가깝다고 하던데……

여가가 있을 때, 보고 싶을 때, 또 행사가 있을 때, 또 내가 아쉬운 일이 있을 때에도 빠지지 않고 가장 빨리 달려 오니 말이다.

그러다 보니 새 가족이 된 외손부 수진이도 같은 마음이 되었나 보다. 자식이 효도하면 그 아이들이 보고 배워 그대로 한다고 꼭 그런가 보다.

아직 박사 과정을 공부하고 있는 새벽이!

취업 준비 중인 마을이!

열심히 노력하면 사는 것은 어렵지 않단다.

욕심 부리지 말고 하고자 하는 것에 온 힘을 기울이도록 하렴.

할머닌 항상 너희들에게 끝없는 사랑과 깊은 관심을 보낸다.

아윤이

"할머니!"
딸기 한 알 입에 쏘옥 넣어주니
쪼로록 뛰어 갔다가
다시
"할머니!"
"왜?"
"딸기가 씹을려고 했더니 눈처럼 다 녹아 버렸어요."
다시 딸기 한 알 입에 넣어주고

우리 아윤이는 다정이의 큰 딸아이다.
아윤이, 소윤이!
우리 영하가 끔찍이도 귀여워 하는 나의 사랑스런 증손녀들!

학봉이

◢

"고모, 제가 첫 농사 지은 고추입니다. 맛보세요."

군대를 평생 직장으로 삼고 지내던 학봉이가 퇴직 후 고향으로 돌아와 처음으로 지은 농사라며 고추 자루를 내밀었다.

학봉이는 내 친정 외조카이다.

그 애는 해평에서 고등학교를 졸업한 후 나의 권유로 지금의 상주 대학교 축산과로 유학을 왔다.

우리 집 근처에서 학교를 다니는 데 매일 하라는 공부는 안하고 돼지 키우러 다니고 돼지 예방주사 맞히러 다니고 무척이나 나를 속상하게 하곤 했다.

그러나 천성이 얼마나 착하고 부지런한지 보기만 해도 좋았다.

특히 친정이 따로 없는 나에게 외사촌의 아들이니 얼마나 귀했겠는가!

그렇게 학교를 마치고 학봉이는 입대를 했고, 취직하기가 그때도 몹시 어려운 때라 제대 후 다시 입대를 해서 직업군인의 길을 밟게 되었다. 세상에 배움이란 그저가 없다고 매일 돼지 키우러 다니고 예방주사 맞히고 하던 그 일이 평생 살아가는데 커다란 도움이 되었다고 한다.

학봉이는 지금 고향에서 동네 이장일을 맡아 보고 있다고 한다.

부지런하고 남을 도와 주기를 좋아하는 품성을 지닌 지라 젊은 사람들이 다 나가고 난 고향에서 어른들에게 많은 도움을 보태고 있나 보다.

고모 덕에 평생 걱정 안하고 잘 살았고, 앞으로도 연금 받으면서 돈 걱정 안하고 살게 되었으니 항상 고맙다고 인사한다.

학봉아, 나도 고맙다.

앞으로도 열심히 보람되게 잘 살거라.

진석이

우리 옆 집에는 진석이네가 살고 있었다.

진석이네는 8남매에 외할머니까지 11식구다.

그중에 제일 첫 번째가 진석이.

성무가 고등학교 다닐 때쯤 우리 집은 잘 사는 집이었다.

정부에서 혼.분식을 강조했기에 보리쌀을 섞어 먹었지 그냥 쌀밥을 해 먹어도 아무런 어려움이 없었으니까 말이다.

그리고 밀농사를 많이 지었기에 항상 국수도 해 주고 밀가루빵도 쪄 줄 수가 있었다.

진석이네는 참으로 어려웠다.

보리 개떡으로 끼니를 때우기도 했으니까.

공부하라고 책을 사 줄 형편은 더욱 안 되었다.

어느 날 진석이는 나에게 성무 책을 좀 빌려주면 안 되겠느냐고 했다.

나는 성무가 잠자고 있는 동안 성무의 책과 문제집을 빌려주기로
했다.

그러나 굶고 있는 진석이를 생각하면 공부가 머리에 들어올 것 같
지를 않았다.

밥 한 그릇 차려줘 봐도 진석이가 먹을 것도 없고……

그래서 나는 밤이면 아무도 몰래 진석이를 우리 집 부엌으로 불러
서 밥 한 그릇을 차려주기 시작했다.

진석이는 정말 열심히 공부했고 그해 경찰 공무원 시험에서 당당
한 대한민국의 자랑스런 경찰관이 되었고 평생 그 길에서 하나의 든
든한 대들보가 되어 주었다.

진석이가 경찰의 길로 들어서니 남동생 둘도 형따라 경찰이 되
었다.

지금은 조카까지도 경찰관이 되었다고 들었다.

나이가 들면서 한 번쯤 만나 보고 싶은 진석이!

2년 전 진석이 소식을 들었다.(88세 때)

진석이 엄마가 돌아가셨다고 정하가 문상을 다녀왔다.

'거기서 진석이 오빠를 만났는 데 평생 잊지 못할 분이 엄마라고
하더란다.

온 형제들이 모여서 엄마가 어떻게 해 주셨는지 평소에도 계속 이
야기를 하였노라고 하면서 엄마 안부를 물었다고 한다.'

내 사랑하는 아이들아!

다른 사람이 어려울 때 손을 잡아줄 줄 아는 사람이 되거라.
내 주머니를 가득 채우고서는 남을 도와줄 수 없는 것,
항상 상대방의 마음을 헤아려 주고 도움의 손길을 뻗어 보렴.
그 기쁨이 배가 될테니~~~·*·

자식이 효도하길 바라지 말아라

자식이 효도하길 바라지 말아라
아들, 딸 그리고 그 후손들에게 고함!

너희들의 아버지는 무척 효자였고 그래서 난 살기가 더 힘들었는
지도 모르겠다.
　어머니, 아버지를 모시고 사는 나에게 정말 일은 많기만 했다.
　그러나 부모님께 모든 일을 여쭈어 보고
　그리고 또 여쭈어 보고 ……
　그러면 어머니께서는,
　"에미야, 귀찮지도 않니? 또 물어보게." 하신다.
　"어머니, 이런 것도 안 물어 보면 어머니 너무 심심하잖아요."
　"그래~~~고맙구나."
　평생을 어머니와 나는 모녀이면서 더 없는 사이좋은 친구였단다.

내가 이렇게 살아온 시간들이 내 자식들에게는 산 교육이 된 듯하다.

나의 생활이 바로 거울이라는 것이 참으로 신기하더구나.

너희들이 하는 그대로 또 내려가지 않겠니?

산 조상(부모님)에게도 죽은 조상님들(제사, 벌초 등등)께도 정성을 다 하거라.

복이란 것은 누가 가져다 주는 것이 아니라 스스로 쌓아나가는 것임을 꼭 마음에 새겨 두거라.

안경집

요사이는 걸음마를 시작하는 아이부터 할머니, 할아버지까지 안경을 안 낀 사람이 더 적을 정도로 안경이 보편화되어 있는 것 같다. 나만 해도 안경이 몇 개나 있다.

그러나 우리나라 격동기 시절인 1940년~1950년대에는 안경이 그리 흔하지 않았던 때였던 것 같다.

그 당시 안경집 하나가 무척이나 비쌌다.

끼웠다 뺐다 할 수 있는 나무로 잘 만들어진 공예품이라 할 수 있었다.

어느 날 아버지께서는 지금의 회관같은 곳에 놀러 다녀 오신 후 안경집이 참 좋다라고 하셨다.

그래서 "아버지! 하나 사 드릴게요."

했더니, "아니다. 괜찮다." 하셨다.

그랬더니 어머니께서 "왜 에미 불편하게 그런 이야기를 하고 그러세요?" 하신다.

얼마냐고 물어 보았더니 쌀로 주면 5되이고 돈으로 주면 쌀 5되값을 받는다고 한다.

그래서 큰 마음먹고 쌀 5되를 주고 안경집을 사 드렸었다.

아버지께서 돌아가신 후에도 그 안경집은 오래도록 장롱서랍에서 자리를 잘 지키고 있었다.

40년 넘게 고이 간직하고 있었는 데 상주에서 이사나올 때 명하에게 주었는 데 어디로 갔는지……

이사 다니면서 사라져버렸다.

지금도 가끔씩 생각나는 추억의 아버지 물건!

참으로 아쉽구나.

먼저 간 딸들아!

◢

정하의 전화 목소리로 짐작은 하고 있었지만 외손녀 하나의 슬픈 소식이 들려 왔다.

나는 슬픔을 주체 못해 한참을 넋을 잃고 있었다.

더 어린 나이에 이런 일을 겪었던 나의 모습이 겹쳐져 오고……

열 일곱 살이라는 어린 나이에 결혼을 한 나는 참으로 어렵던 그 시절 첫 딸을 낳아서 재롱을 막 피울 때 쯤 먼저 하늘로 보내고 말았다. 시댁 식구들과 함께 만주로 가 버린 남편을 몹시 원망하면서 그렇게 시간은 흘러가고 있었다.

그리고 또 낳은 둘째 딸도 먼저 보내고.

셋째 성무를 낳고는 우리 어머니께서는 많이도 우셨고 금지옥엽으로 보살펴 주셨지.

그 후로도 엄마의 보살핌 속에서 옥하까지 낳았는데……

더 세월이 흘러 나는 막내 딸 하나를 더 먼저 보내었다.

먼저 간 나의 예쁜 딸들아,

지금까지 있었다면 너희들은 정말 나에게 더 없는 친구이자 자매 같은 사이가 되어 있었을 텐데……

눈 감으면 생각나고 그 어렵던 시절이 더 힘들게 다가오곤 한단다.

이제 자꾸만 힘이 없어지고 쇠약해지는 것을 느끼고 있으니 조금은 서글퍼지기도 한단다.

긴 세월을 기다려 짧은 만남을 이루었지만 우리의 만남은 영원한 것이라는 것을 나는 잘 알고 있단다.

사랑하는 딸들아!

사랑하는 내 딸들아!

쿵, 쿵, 쿵

밤 11시 30분
애애~~~앵
예비 사이렌 소리

쿵, 쿵, 쿵
골목길 너머에서
들려오는 발자국 소리

덜커덕
방문 여는 소리

이제 오늘 하루가 끝났나 보다.
(남편은 이 시간이 되어야 놀다가 집에 돌아왔던 것이다.)

사람 인人

사람 '人'!

두 사람이 서로 버팀목을 삼아야 쓰러지지 않고 바르게 설 수 있다. 그래야 사람이다.

9월 9일 중양절!

한 해가 저물어가는 시간이 싫어 묘사 지내러 일찍 길을 나섰다.

친정과 시댁 두 군데를 다닐려고 하니 아무래도 시간을 맞추기 어려워 시댁은 9월 9일 중양절에 가기로 마음먹었다.

어차피 가기 힘든 물안곡 시조부님은 그냥 불러보고 시조모님, 시부모님과 남편의 길을 더듬어 본다.

둘째 정하와 함께 길을 나서는 게 벌써 이십여 년의 시간이 지났다.

다들 바쁘니 모두 챙기라 하는 것도 무리한 부탁인 듯 싶구나.

이렇게라도 다닐 수 있는 게 과연 몇 년이나 갈까?

이곳 저곳을 돌아서 마지막으로 온 남편의 묘소 앞!
도저히 힘이 들어 앉아 있을 수가 없다.
한참을 누워 있다가 일어나 보니 정하가 보이지 않는다.
"정하야! 어디 있니?"
깜짝 놀라 힘껏 소리쳐본다.
"엄마! 여기 있어요."
아휴! 한숨이 나온다.
나무에 가려서 보이지 않았구나.

우리 모녀 정말 '사람 인(人)' 이었구나.

눈에 보이지 않는 끈

'옛날 옛날 어느 시골에 사는 아버지가 아들 하나를 데리고 재혼을 했더란다.

아이가 어릴 때 어머니가 일찍 돌아가셔서 새어머니를 맞이한 것이다.

새어머니는 참으로 착하고 성실한 사람이었다.

아들에게도 더 할 수 없는 좋은 어머니였다.

세월이 한참 흘러 남동생이 한 사람 태어났다.

새어머니는 낳지 않은 큰아들을 끔찍이도 사랑했고 항상 작은아이보다 더 신경을 썼다.

그런데 큰아들은 비들비들 곯아 가기만 했고, 작은아들은 토실토실 예뻐져 가기만 했다.

어느 날!

아버지는 먼 장을 다녀온다고 부인에게 말하고 집 근처에 숨어서 집을 살펴 보았더니, 새어머니는 아버지가 있을 때와 똑같이 큰아들을 정성껏 보살피고 있었던 것이다.

참으로 이상한 일이었다.

집으로 돌아온 아버지는 이 기이한 일이 어찌된 일일까 곰곰이 생각해 보아도 알 수 없는 노릇이었다.

그날 밤!

엎치락 뒤치락 잠을 못자던 아버지의 눈에 참으로 이상한 정경이 눈에 들어왔다.

새어머니는 큰아들을 안고 자고 있는 데 새어머니 입에서 하얀 연기가 나오더니 등 위에서 자고 있는 둘째 아들에게로 가더니 그 아이 입으로 들어 가고 있었던 것이다.'

세상에 넓고 깊은 어머니의 은혜!

그것을 누구라 알 수 있으리오.

부모와 자식의 인연은 천륜이라 했다.

억지로 만들지 않아도 저절로 이어져 있는 이 인연의 끈을 누가 감히 끊을 수 있겠는가!

억겁의 세월을 이어온 그 인연이여!

어머니!

당신을 정말 사랑합니다.

忍, 忍, 忍

◢

참을 '忍' 자 세 번이면 살인도 면할 수 있단다.

어릴 때부터 아버지께서 들려 주시던 말씀을 난 오늘 손자들에게
들려주고 있었다.

옛날 징병에 끌려가는 아들에게 아버지께서 주머니 하나를 주며
이렇게 말씀하셨단다.

'어려운 일이 있을 때 이 주머니를 펴 보도록 하여라.'

그 아들이 전쟁이 끝나고 집으로 돌아와 보니 부모님은 돌아가셨
고, 아내는 왠 커다란 사내를 안고 자고 있더란다. 금방 살인이라도
할 것 같던 아들의 머리 속에 떠 오른 아버지의 당부 말씀!

밖으로 나와 주머니를 풀어 보았단다.

거기에는 접혀진 종이가 있었는 데 하나를 꺼내 보니 '忍' 자 하나.

분한 마음을 조금 삭히고 다시 한 장 꺼내 보니 또 '忍' 자 하나.

다시 한 장 꺼내 보니 또 '忍' 자 하나.

뭔가 사연이 있지 않을까 생각하고 방으로 들어가 아내를 깨워 물어 보니,

'아뿔싸!'

아버지 주머니가 아니었으면 큰일 날 뻔 했구나.

남편이 징병간 사이 아내는 아들을 낳았고, 그 아이가 이만큼 커다란 사내가 되어 있었던 것이었단다.

너희들이 세상을 살아가면서 많은 일에 부딪치게 되거든 오늘 들은 할머니의 이 이야기를 기억하도록 하렴.

호칭

"애들아, 너희들 잘 듣거라."

"너희들도 이제 다 결혼하고 아이들 아버지가 되었는 데 아빠, 엄마, 외삼촌이 뭐니?

나이가 30대가 다 넘었는 데 이제 고치도록 해라."

"아빠는 아버지로!"

"자~~~모두 시작!"

"아버지~~~"

"엄마는 어머니로!"

"시 - 작!"

"어머니~~~"

"외삼촌은 외숙부로"

"시 - 작!"

"외숙부~~~"

아이들은 모두 합창을 했다.

큰아버지와 큰어머니는 다 잘 되는 데 유독 이 세 가지만은 잘 되지 않아서 고쳐 주어야겠다고 항상 생각해 왔었는 데 오늘에서야 모두에게 이야기할 수 있었다.

아이들까지 다 모일 수 있는 기회가 참 흔하지 않았던 것이다.

호칭에서부터 사람에 대한 예절이 시작되는 것이라고 생각하니 어른이 어른다워진다는 것은 말씨에서부터 나타나는 것일게다.

맵시나 솜씨나 마음씨나 다 갈고 닦아야 하는 것이지만 그 모든 것이 가장 먼저 드러나는 것이 말씨가 아닐까?

편지 1

또 하루 날이 저물고 있다.

바깥 출입을 안한 지가 오래되어 눈이 오는지 바람이 부는지 알 수가 없다.

매일 걸려오는 아이들 전화 소리로 그날의 날씨를 전해듣곤 한다.

"어머니, 날씨가 몹시 춥습니다. 따뜻하게 보일러 넣으셨나요?"

"엄마, 눈이 내려요!"

"엄마, 바람이 너무 많이 불어요. 문단속 잘 하시고 따뜻하게 계세요."

그 이야기를 듣고 나서야 창 밖을 내다보면 눈이 오기도 하고, 바람이 불기도 하고, 또 햇살이 가득 내리쬐기도 한다.

혼자 몸에 감기가 걸릴까 두려워, 천식이 너무 힘들어 늦가을이 시작되면서 두문불출한 지 몇 달이 지나가고 있다.

모든 것이 마음은 청춘인데 몸이 내 마음대로 움직여주지를 않으니 그저 이 상태대로 감사하다고 생각하면서 하루하루를 보내고 있는 지금, 나에게는 나름대로 바램이 있다.

어느 날은 아버지에게 '아버지의 딸 금이 잘 살고 있습니다' 라고 일자 소식도 전하고, 어느 날은 '그리운 어머니! 어머니의 금지옥엽 금이는 몇 년 더 이렇게 지내다 어머니 곁으로 갈렵니다' 이렇게 바램도 전해본다.

또 어느 날은 시어머님께 '당신께서 그리도 시집살이 시키셨지만 마지막은 나에게로 오셨던 어머님, 평생 우리 명하가 제사 잘 모실 것입니다. 아이들 잘 돌봐 주세요' 라고 이야기도 하고, 마지막까지 뒷일을 부탁한다고 하시던 옥하 아버지께도 안부 전해본다.

"옥하 아버지! 그곳에서 잘 계시는가요?

남은 일 다하고 오라고 하셨는데, 그 남은 일이 얼마가 되는지 끝을 알 수가 없답니다. 혼자 힘으로 마음대로 다니지도 못하고 아이들이 데리고 가 주어야만 가 볼 수 있으니……

옥하 아버지! 아직도 많이 남았나요?

어쩌다 한 번씩 꿈 속에 오셔서 아직도 더 있다 오라 하시니……

당신은 다 내려다 보고 계시겠지요?

봄이 오면 당신에게 가 볼 수 있을까요?"

나는 오늘도 보내지 못하는 편지를 소리내어 되새겨 본다.

그리운 아버지!

어머니!

옥하 아버지!

그리고 어머님!
모두 모두 그립습니다.
잘 살다가 당신들께로 돌아가는 날,
한 번 펑펑 울어 보렵니다.
그리하면 당신들은 그 동안 애썼노라 머리 쓰다듬어 주시겠지요?

편지 2

지나간 시절의 편지를 훑어보니 참으로 재미있구나.

우리 가족의 애환이 담겨있는 기록이라……

경제적으로 몹시 어렵던 시절 학비며, 하숙비며, 책값 등등

매일 매일이 전쟁터였던 그때가 어떻게 지나갔는지 새삼스럽기만 하고 상급 학교로 진학할 때마다 겪었던 그 일들이 지금은 모두 자랑스럽게 다가온다.

절집 지으러 다니시던 옥하 아버지의 이야기는 더욱 옛일을 새롭게 기억나게 하고. 전기며 수도가 들어오지 않아 고생하던 그때 일도 정겹던 기억으로 남아 있구나.

끈끈이로 묶여져 있는 5남매!

형제간의 정이 담뿍 담겨져 있고, 응석부리던 막내의 소리도 더욱 귀엽다.

우리 집도 수돗물 먹는다는 그 이야기는 정말로 획기적인 소식이

었던 것 같다.

지금은 삐뚤빼뚤 글씨지만 편지를 더 많이 쓰고 싶은 마음은 간절하지만 그것이 마음대로 되지를 않고 매일 매일 마음 속으로 부치지 못하는 편지를 몇 통씩을 쓰고 있는 지 모르겠다.

그러나, 어머니!

혼자 사는 세월이 너무나 길어 외롭기는 하지만 전 지금이 참 행복하답니다.

5남매 매일 전화오지, 또 수시로 방문하지, 의식주며 경제적으로 지금처럼 풍요로운 적은 없었던 터이라 아픈 것은 벗으로 삼고 생활하고 있답니다.

다시 볼 그날까지 어머니, 열심히 살다 가렵니다.

더 많이 사랑하고 그리고 편안하게 갈 날을 기도합니다.

편지 3

▰

머나먼 미국에 가 있는 나의 사랑스런 아이들아!

너희들을 본 지도 한참의 세월이 흘렀구나.

그 동안 여기서는 몇 번의 만남이 있었지만 항상 너희들의 자리는 내 마음속에만 있구나.

진경아, 화경아, 도니야!

해마다 할머니는 너희들을 몇 번 볼 수 있을까 생각하면서 벌써 30년의 시간이 지났네.

진경아, 너는 항상 할머니 마음 속의 기둥이었단다.

처음에는 아들이었다면 하는 마음 속일 수 없었지만 지금은 상관없이 네가 나의 손녀인 것이 너무나 자랑스럽단다.

엄마, 아빠가 전해 오는 너는 항상 의젓했고 우리 집안의 첫 번째라는 것이 저절로 느껴져 왔었단다.

어렵던 아빠의 유학 생활도 잘 견뎌내 주었고, 네가 아이비리그에 들어가는 대학에 들어갔다고 알려주는 아빠의 목소리는 세상의 모든 것을 가진 것 같았단다.

옛날에 아빠 친구가 변호사가 되었을 때 몹시 속상했던 기억도 네가 변호사가 되면서 더 큰 기쁨으로 다가 왔단다.

화경아, 커다란 첼로와 함께 한국에 왔던 넌 여전히 사랑스런 동화 속의 공주였단다.

언니와 둘이서 손잡고 어린 시절 아장아장 걷던 너의 그 모습.

평생 언니와 가장 좋은 친구로 지내렴.

아빠한테서 이제 공무원으로 평생 걱정하지 않아도 된다는 이야기를 들었을 때 너의 노력에 박수를 보냈단다.

그리고, 어느 날 들려온 소식 하나!

"어머니! 도니(도니는 희경이의 또 다른 이름)가 외무고시에 합격했어요."

네 아빠의 들뜬 목소리로 이것이 얼마나 대단한 것인지 가늠할 수가 있었단다.

고등학교를 수석으로 졸업했을 때도, 스탠포드 대학에 입학했을 때도 늘 그러했지만 이날은 더욱 상쾌한 목소리였던 것이다.

도니야,

남자는 사랑보다 일이 우선이라고 사람들이 이야기하더라만 그보다도 더 좋은 것은 나를 닮은 분신이란다.

무엇을 하든 잘 하리라 확신하는 터이지만 하루 빨리 너에게 이 기쁨이 왔으면 좋겠다.

그리고 이 할머니도 그 기쁨을 배로 받았으면 하는 바램이 가장 크
단다.

진경, 화경, 도니야,
할머니는 너희들을 많이 사랑한단다.
그리고 너희들이 나의 손자, 손녀라는 것이 정말 자랑스럽다.
항상 건강하고 재미있는 시간을 보내거라.

입원

"엄마, 그러시지 말고 병원에 가 보자."

"안 가도 된다. 바쁜 너희들 가서 일이나 봐라."

"엄마, 제~발."

정하와 옥하가 번갈아 와서 병원에 가자고 보챈다.

그러나 난 따라 나서고 싶지가 않았다.

몸은 천 근같이 무겁고, 기침과 가래가 끊임없이 끓고 있지만 아이들에게 수고를 끼치기가 싫었다.

며칠 후,

갑자기 며느리가 찾아왔다.

"어머니, 이렇게 편찮으신 데 그냥 집에 계시면 어떻게 해요. 저하고 같이 병원에 가요."

나는 며느리의 말을 들어 주기로 했다.

딸들에게는 거절을 했지만, 며느리에게는 그리 할 수가 없었다.

억지로 옷을 걸치고, 손자 현승이가 근무하고 있는 파티마 병원 응급실로 들어갔다.

겨울이면 노인네들은 기관지, 천식으로 위급한 상황을 맞이한다고 한다.

하룻밤 응급실에서 보낸 후 약을 타 가지고 정하네 집으로 왔다.

따뜻한 곳에서 조금 쉬어야겠다는 생각이 들었기 때문이었다.

그러나 며칠이 지나고 나니 병세가 더욱 악화되고 숨을 쉴 수가 없었다.

"정하야, 안 되겠다. 입원하도록 해 다오."

나는 다시 파티마 병원으로 향했고 그 길로 병원 신세를 지게 되었다.

가래가 목구멍에 달라 붙어 도저히 숨을 쉴 수가 없었던 것이다.

병원이란 참 좋은 곳이었다.

입원 후 난 숨 쉬기가 좀 나아졌고 손자 덕에 편안한 시간을 보내게 되었다.

며느리와 세 명의 딸은 번갈아 가며 옆을 지켜 주었다.

그렇게 10여 일을 보낸 후 나는 한 보따리의 약과 함께 정하네 집으로 돌아왔다.

내 스스로 병원에 입원하리라 한 것은 처음 있는 일!

나는 정하 집에서 둥지를 틀었다.

밤마다 기침은 계속 되었고 가래는 그치지를 않았다.

깊은 잠을 이룰 수도 없었고, 이것 저것 답답하기만 했다.

2014년 말의 겨울은 2015년 새봄이 올 때까지 그렇게 신선놀음 아닌 신선놀음을 하면서 보내고 있었다.

그러나 난 해주는 대로 지내다 보니 자유를 가지고 싶었다.

산책을 가도 혼자서는 할 수가 없었고 함께여야만 했다.

겨울 3개월을 그리 편히 지낸 덕에 몸은 기운을 차릴 수 있었는 데 마음은 조금씩 답답해져 갔다.

정하에게 말했다.

"정하야, 네가 서운하게 생각하지 않는다면 나는 집에 가고 싶다.

네 덕에 몸이 많이 회복되었으니 집에 가서 조심하면서 살고 싶구나."

나의 부탁이 딸의 마음을 움직였는지 그날로 나에게 자유를 찾아주었다.

결국 나는 입원과 요양의 겨울을 지내고 서늘한 나의 보금자리로 돌아온 것이다.

어느 날의 일!

딸네 집에 있으니 말 안해도 알아서 해 주니 편하고,

먹고 싶은 것도 따로 알아서 해 주니 좋고,

그러나 하루 몇 번을 들락날락하면서도 빠지지 않고 인사해 주는 사위가 고마우면서도 미안하기까지 했다.

하루는 배드민턴을 치고 돌아온 사위가 분명히 인사를 하고 들어

갔는데 한 동안 인기척이 나지 않는 것이었다.

　궁금해서 견딜 수가 없었다.

　거실에 나와도 없고, 주방이며 이 방 저 방 다 찾아봐도 없었다.

　어디선가 무슨 소리가 나는 것 같아 귀 기울여 보니 안방 목욕탕에서 샤워 중!

　갑자기 안심 되는 게 반가워졌다.

　가족이란 게 그런 것인가 보다.

　눈에 안 보이면 찾게 되는 것!

　그저 한 공간에서 숨쉬고 있는 것만도 행복한 것!

말년 친구

상주를 떠나고부터는 이 나이(90세)가 되도록 나에겐 전화할 친구도 없다.

어릴 때는 고무줄 놀이 친구도 있었고, 젊은 시절에는 동갑계 모임도 있었다.

그러나 하루 24시간이 부족했고, 항상 시간을 금쪽같이 아껴쓰지 않으면 안되었던 나에게 친구란 사치같기만 했다. 한 푼이라도 더 모아야 내 자식들 홀로서기 할 수 있도록, 배움의 길로 인도해야 했기에 더 열심히 노력할 수 밖에 없었던 것이다.

그래서 어느 날 나는 모임을 깨 버렸고 오로지 일, 일, 일에만 매달려 살았다.

"근검절약!"

이것이 내가 할 수 있는 가장 최선의 길이라고 생각했기 때문이었다.

가끔은 어릴 때 친구가 그립기도 했지만 앞만 보고 달려온 인생,

다른 사람들처럼 먹고, 입고, 놀러 다녔다면 우리 아이들을 이만큼 가르칠 수가 없었을 것이다.

그런데 그 결과, 지금 와서 보니 나는 더 좋은 친구를 많이 가졌다.
바로 내 자식들!
아들, 아들 노래 부르며 반쪽도 많지만 반쪽은 키울 수 없어서 하나를 키운다고 가슴아프게 만들었던 그 딸들이 나에게는 인생의 동반자가 되어 가고 있었던 것이다.
어떤 친구가 이보다 더 좋을 수가 있으리.
그것도 하나, 둘, 셋씩이나!
아들들은 든든한 기둥으로, 딸들은 더 말할 수 없는 좋은 친구로 남았으니 말이다.
삶이란 그저 공짜로 주어지는 것은 하나도 없나 보다.
정성을 쏟은 만큼 되돌려 받고 있는 것 같다.

나에겐 또 다른 친구가 하나 더 있다.
늙으면 병원과 친해지라고 했던가?
나는 숨쉬는 종합병원!
팔, 다리, 심장, 무릎, 허리, 기관지……
머리 끝에서 발 끝까지 헤아릴 수도 없다.
그래도 나는 감사한다.
이 나이에 집안에서 혼자 의식주를 해결할 수 있고, 건강한 정신을 가졌으니 말이다.

그래서 나는 나의 병도 친구삼아 지내고 있다.

시간이 지나면 더 나빠지는 거야 정한 이치이지만 그래도 현 상태로 유지하고 싶다는 바램으로 오늘도 나는 열심히 팔 다리를 흔들며 운동하고 있다.

옥하 아버지! 거기 계시나요?

"여기 누워 봐."

남편은 팔을 내밀며 나에게 팔 베개 위에 누워 보라고 한다.

젊었을 때도 해 보지 않았던 것을 쑥스러워 어찌할까?

옆에 있던 성무가 말한다.(아버지 병환이 깊어서 미국에서 잠시 들어와 있었음)

"아버지께서 지금 저러시면 엄마는 앞으로 어찌 살라고 그러시나. 진작 정을 표현하고 사셨으면 얼마나 좋았을까?"

벌써 27년째!

당신이 가신 지 이렇게 많은 시간이 흘러 갔습니다.

가끔씩은 꿈속에서 보이기도 하고 따라가자고 권하기도 하더라만……

이제 당신을 따라 갈 날이 가까워지고 있나 봅니다.

옥하 아버지!

내가 이 세상살이 마치고 가는 날 당신을 또 만나고 싶답니다.

나는 당신이 남겨 놓은 일 최선을 다해서 열심히 하다가 왔노라고 말하고 싶답니다.

가끔은 원망스럽기도 하고, 그립기도 하고, 그러면서도 밉기도 한 것은 살아왔던 세월만큼 겪은 것이 많은 탓이 아닐런지요.

당신이 가시고 내가 혼자서 이렇게 오랜 시간을 보내리라고는 생각도 해 보지 않았는 데……

오늘!

당신이 더 보고 싶은 것은 왜 일까요?

봄이 오니 산소에 잡풀이 돋아나고 당신은 어떻게 계신 지 궁금해서일까요?

당신에게 한 번도 못해 본 말,

그래도 한평생 잘 살았습니다. 당신을 사랑합니다. *‥*

명하는 아들 둘!

◢

    오빠가 일찍 돌아가시고 난 후 난 무남독녀로 지내다 보니 아들에 대한 한스러움이 하늘을 찌르고 있었다.

    아들, 아들, 아들………

    아들 둘을 낳고도 다시 하나 아들 낳기를 빌고 또 빌었다.

    딸은 반쪽도 많지만 어쩔 수 없어서 키운다고 생각하면서 말이다.

    고달픈 시절 속에서 병마와 함께 태어난 우리 명하는 항상 아픈 손가락!

    그러던 명하가 결혼 후 아들을 내리 둘이나 낳았다.

    이리 좋을 수가 있을까?

    가까이 없어서 안아주고 업어주고는 많이 할 수가 없었지만, 대학을 다니면서 둘째 현승이는 나의 이웃이 되었다.

    첫째 희승이는 낯선 곳 충청도에서 침을 벗삼았고, 둘째 현승이는 이곳 대구에서 메스를 벗삼았다.

그렇게 어렵고 힘들다는 인고의 시간을 보내고 마침내 둘 다 아버지가 가지 않았던 길을 가게 되었다.

큰아들 희승이는 한의사!

작은아들 현승이는 양의사!

하나는 '유희승한의원'을 개원해서 연고도 없는 충청남도 홍성에서 24시간을 쪼개어 두 배로 쓰고 있고, 또 하나는 이제 대구 사람이 되어 파티마 병원 정형외과의 한 축을 떠 받들고 살아가고 있다.

사람이 살아가는 데 3대 부자 없고 3대 가난 없다고 하는 말을 새겨 본다.

개국(開國)보다 수성(守成)이 어렵다고도 한다.

이제는 그래도 주춧돌은 튼튼하게 쌓아 놓았으니 눈 앞만 보지 말고 먼 길 바라보며 열심히 달려가거라.

인생은 마라톤이니라 ·*·

예뻐지기

난 오늘 커다란 숙제를 했다.

91세로 접어드는 이 나이에도 얼굴에 피어난 검버섯은 정말로 스트레스였다.

나는 마음도 몸도 주변 환경도 모두 깨끗한 것을 원하는 데 얼굴에 피어난 커다란 검버섯은 거울 보는 것을 꺼리게 만들었다.

미국에서 온 큰 아들은 어머니 얼굴에 피어난 검버섯만 없애면 어머닌 아직 너무나 어여쁘신데 귀찮더라도 없애버리라고 했다.

바쁜 딸들에게 이야기를 했지만 자꾸 보챌 수도 없고……

날 데리고 가 주기만을 기다렸다.

하루가 지나고, 또 하루가 지나고

드디어 오늘,

난 피부과에 가서 레이져 시술이란 것을 했다.

따끔따끔!

잘 참아낸다는 의사 선생님의 칭찬을 들으며 아휴! 아프다.

집으로 돌아오니 햇살이 한 가득!

이제 약 잘 바르고 시간이 지나고 나면 내 얼굴은 깨끗해진다고 한다.

아! 정말 기대가 된다.

깨끗한 내 얼굴!

나들이

■

언제부터인가 어딜 다닌다는 것이 힘이 더 든다.
벌써 90세가 되었으니 더 말해 무엇하겠는가!
그래도 오늘은 큰 맘 먹고 나들이를 결심했다.
나 혼자만 움직이면 모두가 편안하리라하는 마음에……

큰아들 성무 내외가 키르키스탄(1년 교환교수로 감)에서 잠시 다
니러 왔다.
　이런 저런 일에다가 학회 논문 발표하러 오는 길에 주말을 틈타 나
를 보러 온 것이다.
　하룻 밤을 함께 지내고 나니 오늘은 5남매 모두 모인다고 해서 대
구로 향했다.
　왜관에서 모이면 저녁 먹고 잠시 얼굴 보고 나면 헤어져야 된다고
자리를 마련한 것이란다.
　하나, 둘, 셋 ……

헤아려 보니 24명이나 모였다.

내 후손들이 이렇게 많이 되었으니 얼마나 가슴이 뿌듯한지!

10명이 불참해서 모두가 34명인가.

내 혈혈단신이었는 데 - 비록 나주 임씨네 성은 못 이어 받았지만 - 이렇게 많은 후손들이 생겼다니 정말 기쁘지 않을 수가 없다.

왁자지껄, 시끌시끌

오랜만에 모인 자리인지라 아들들은 아들들대로, 손자들은 손자들대로 그 동안에 쌓였던 나름대로의 이야기 보따리를 풀어 놓고 있었다.

나는 혼자서 보내는 시간들이 너무 힘이 든 지라 그냥 그 뒤에 앉아서 조용히 이야기를 듣는 것만 해도 흐뭇하기만 했다.

한 해 동안 참으로 많은 일들이 지나갔다.

이태활갤러리 오픈, 정하의 개인전, 옥하네 한개마을로의 새로운 둥지, 현승이의 파티마병원에서의 홀로서기, 영효의 새집 장만, 한영이의 결혼 소식…… 모두가 기쁜 소식이었는데

내가 사랑하는 우리 하나의 슬픈 소식은 정말 가슴 아프게 했다.

세월이 지나고 나면 가슴에 묻히고 또 그렇게 시간들이 흘러가는 세월을 겪은 나였지만……

벌써 올해도 마지막 달이 12일이 지나가고 있다.

명사십리 해당화야

명사십리 해당화야
꽃 진다고 서러마라
너는 명년 춘삼월에
다시 솟아 피련마는
우리 인생 한 번 가면
다시 오기 어려워라
어데서 왔다가 어데로 가는지
지 갈 곳도 모르고 살아온 인생
허둥지둥 살다가 보니
꽃다운 청춘은 다 흘러가고
인생 여든 중반 고령이 되니
한심하기 짝이 없다
하늘을 한 번 쳐다보고
땅도 한 번 내리다 보고

양팔을 뻗치고
동서남북을 다 돌아봐도
어느 누구를 붙들어 잡고
하소연 할 데도 다시 없네
산전수전 다 겪고 온 세상
너무나도 가이없다
돌아갈 데는 닥쳐오는데
누구한테다 이 마음을
부탁하고 돌아갈꼬
해질녘 태산도 넘어보고
깊은 강물도 넘어보고
어느 곳에 가도
내가 잡고 붙들 사람은
한 사람도 없으니
한 세상 살아온 것이
너무나도 허무하다

나 죽거든

"정하야, 나는 이렇게 열심히 지내다가 자는 잠에 편안하게 가고 싶단다.

내 아들, 딸 모조리 불러 놓고 나는 이제 가련다. 서러워 말거라 이리 말하고 가고 싶구나.

그리고 나 죽거든 네 큰오빠가 오거든 보내다오.

우리 아들 보고 가야지.

4일이든 5일이든 기다렸다가 보내다오.

그것이 두 딸 잃고 얻은 첫 정이라 몹시 보고 싶구나.

아직 후손 없음이 너무나 가슴 아프고……

손자든, 손녀든 하나만 있으면 여한이 없겠구나.

그리고, 나 가고 나면 당일 탈상하거라.

다시 오는 것도 힘이 드니 꼭 그렇게 하도록 하렴."

어머니

또다시 봄이 돌아왔습니다.
한 해 가고 또 한 해가 가고……

그 어렵던 살림살이에도 오빠와 나 우리 두 남매를 키우시느라 손 끝에 물 마를 여가 없으셨던 어머니!

오빠 먼저 보내고 나 하나 바라보고 평생을 사셨던 어머니!

부지런히 일해야 어린 자식들 공부시킬 수 있다고 바깥으로 하루 24시간을 48시간처럼 뛰어다녀야 했던 나에게 당신은 커다란 버팀 목이었습니다.

위로 4남매를 모두 키워 주시고 막내 옥하를 품안에 안아보시고 못 돌봐 주어서 마음 아파하시면서 눈 감으셨던 당신은 나에게 하늘 이었습니다.

아무리 힘이 들어도 어린 자식들 바라보며 어머니의 마음으로 살 라 하시던 당신은 정말로 큰 산이었습니다.

그런 당신이 있었기에 하루하루 살아가는 시간이 참으로 보람되고 후회없는 삶이었습니다.

그렇게 사랑하시던 당신의 다섯 손자, 손녀 모두가 제 몫을 하며 또 당신의 그림자를 따라 살아가고 있답니다.

손톱만큼의 티끌도 섞이지 않은 당신의 사랑!

아흔 살이 넘은 이 나이에도 나는 당신이 그립습니다.

어머니!

당신을 사랑합니다.

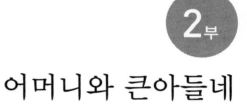

2부

어머니와 큰아들네

어머니와의 충돌

어머니는 학교 교육을 받지는 않았으나 상당히 지혜롭게 사셨고 현실 세계에 적응력이 뛰어나신 분이다. 그래서 '아니다' 싶으면 빨리 포기하고 다른 것을 준비하는 분이다.

그런 어머니와 장남인 나는 가끔 의견 충돌이 있었는데, 기억 나는 것 중 몇가지를 여기에 적어본다.

고등학교진학

상주 중학교를 졸업하고 고등학교 원서를 낼 때 나는 몇몇의 다른 친구들 처럼 대구에 있는 일류 고등학교로 진학하기를 원했다. 그러나 어머니께서 끝까지 반대하셨다. 이유는, 집안 형편이 어려워 대구로 유학하는 등록금과 생활비를 대줄 능력이 없다는 것이었다. 그래서 나는 할 수 없이 상주 고등학교에 입학했다. 입학시험은 커녕 정원 미달인 고등학교.

그래도 그 학교에서는 각 학년별로 1등에게 등록금을 면제 시켜주었는데, 그래서 3년 동안 나는 등록금도 내지 않고 다닐수 있었다. 하지만 고등학교 3년 내내 마음 한켠이 허전했다.

대학진학

그렇게 고등학교 3년을 다니고 드디어 대학 입학원서를 낼 시간이 되었다.

나는 서울대학교 상과대학에 지원했는데 그만 떨어지고 말았다. 고등학교 3년 동안 1등만 한 나는 당연히 합격할 것이라 생각했었는데 떨어지니 실망이 이만저만이 아니었지만, 곧 마음을 추스리고 2차 대학에 가기로 결심했다.

그래서 경희대학교 입학원서를 하나 사가지고 집으로 내려갔다.

내가 서울대학교에 떨어져서 어머니도 많이 실망하고 계셨다. 그러나 어머니께 경희대학교에 입학 원서를 내겠다고 했더니 어머니는 그렇게 하라고 말씀하셨다.

상주로 내려간 다음 날, 먼 친척뻘 되는 고등학교 선배 한 분이 나를 위로해주기 위해서 왔는데, 그는 서울대학교 치과대학 뱃지를 달고 있었다. 나는 그의 서울대학교 뱃지를 보는 순간 마음에 불이 확 일어났다.

요즘은 치과대학 들어가기가 어려워졌지만, 그 당시 치과대학은 서울대학교에서 입학이 가장 쉬운 (커트라인이 가장 낮은) 대학이었고, 상과대학은 입학이 가장 어려운 (커트라인이 가장 높은) 대학이었다. 그런데 그가 날 위로해준답시고 찾아왔다니... 순간, "그럼 난 뭐야?"라는 생각이 들었고 그 자리에서 결심하기를 재수해서 다음 해에 기어코 서울대학교에 합격하고야 말겠다고 마음먹었다.

그래서 어머니께 후기 대학교에 입학원서 내는 것을 포기하고 재수해서 내년에 서울대학교 상과대학에 입학시험을 보겠다고 말씀

드렸더니 어머니는 노발대발 하셨다.

"재수 시킬 돈도 없고, 내년에 서울대학교에 합격한다는 보장도 없는데 왜 그러냐?"

어머니는 완강하게 반대하시면서 후기 대학 시험을 보라고 하셨다. 나는 꼭 재수를 하겠다고 우겼고, 서로 한치의 양보도 없이 맞섰다.

하루가 지나자 어머니는 이불을 펴고 단식투쟁에 들어가셨다. 아버지는 옆에서 어찌할 줄을 모르고 계시고… 그러면서 며칠이 지나갔다.

경희대학교의 원서 마감 날자가 다음 날로 다가왔다. 원서를 내려면 적어도 원서 마감 전날 밤 기차로 서울에 올라가야 하는데 어머니는 조금도 양보할 기색이 없어보였다.

나의 재수할 결심도 변함없었다.

오후가 되니 내 마음이 약해지기 시작했다. 단식투쟁 하시는 어머니를 뵙기가 민망했다.

그래서 밤 기차로 서울로 올라가서 입학원서를 내고 입학시험을 치겠다고 어머님께 말씀 드렸더니,

"잘 생각했다. 그렇게 해라"하시면서 부시시 일어나셨다. 어머니 단식 투쟁에 내가 진 것이다.

내 마음이 다 정리가 되었는 줄 알았는데 막상 떠날 시간이 되자 갑자기 내 마음에 또 불이 붙기 시작했다. '이건 아니다!' 하면서 내 자신에게 화가 나서 견딜 수가 없었고,

무슨 일이라도 저지르고 싶었다. 그래서,

나는 방에 들어가 어머니가 보물처럼 아끼고 보관하고 있던 상장들을 들고 나왔다. 그것은 나의 초등학교부터 고등학교때 까지 받았던 상장이었는데, 그 상장을 나는 하나씩 꺼내서 부엌 아궁이의 불속에 던져 넣었다.

"하나도 남김없이 다 태워버리자!"

어머니의 보물인 내 상장, 그것을 다 태워버리면 내 화도 풀릴 줄알았다. 그러나…

부엌에서 불 태우는 기척이 나자 어머니가 나오셨다. 뭐하는 거냐고 물으셨다.

나는 아무 대답도 안 하고 어머니를 쳐다 보지도 않은 채 계속 상장을 하나씩 불 속에 던져 넣었다. 어머니는 말리지도 않으시고 아무 말씀도 안 하시며 계속 지켜보고 계셨다.

한참 후에,

"그렇게 재수가 하고 싶으면 해라. 돈이야 어떻게 마련되겠지…"

결국 어머니가 져 주셨다.

한바탕 전쟁을 치루고 나서 화는 풀렸지만 그렇다고 내가 이긴 것에 기쁘지는 않았다.

"져 드렸더니 이기고, 이긴 줄 알았더니 졌고…세상살이가 그런것인가?"

그 후 나는 곧바로 서울로 올라가 재수를 시작했고 일년 후에 서울대학교 상과대학 경제학과에 합격했다.

경제학과 컷트라인이 그 해 서울대학교 전체에서 제일 높았다. 합격 소식을 듣던 날 하루종일 어머니는 기뻐서 어쩔 줄을 몰라하셨다.

어머니에게 '인생 최고로 기뻤던 날' 이었다고 말씀하신다.

월남참전자원

대학을 졸업하고 군대에 갔다. 나는 월남 전쟁에 참전코자 자원했다.

월남전에 자원한 것은 어머니와의 충돌이라기 보다는, 나의 일방적인 결정에 대해 어머니께서 그 결정을 취소시키고자 온 힘을 다 사용하셨던 일이다. 성인이 된 자식의 결정을 부모가 어찌 할 수 없었던 경우에 해당한다.

그 당시 월남전에서는 사망하거나 부상 당한 군인들이 많았는데 거길 큰아들이 가겠다고 자원했다니, 아마도 어머니는 그 사실을 아시고 벼락 맞은것 같으셨을 것이다.

자식이 죽을지도 모르는 곳으로 가겠다는데 어떤 부모가 말리지 않겠는가?

그때 나는 춘천 근처에서 몇주간 교육을 받고 있었다. 어머니는 매 주말 마다 춘천으로 나를 찾아오셨다. 어떻게 해서든지 아들의 마음을 돌려 봐야겠다 생각하시고, 8월이라 농사가 한창 바쁜때 인데도 불구하고 밤 기차를 타고 서울로, 서울에서 춘천으로, 춘천에서 군부대까지 버스를 갈아타고 거의 하루 종일 걸려 오셨다. 어떻게 파병을 취소 할 수 없을까 하고 부대 장교를 만나 사정도 해 보고 애가 탔지만, 결국 나는 월남으로 갔다.

월남에서 12개월간 보병부대에서 근무, 전투도 여러번 나갔지만 다행히 부상도 없이 무사히 귀국했다.

어머니 평생에 가장 마음을 조렸던 일년이었을 것이다.

내가 부모가 되고 나서야 나는 내가 그때 어머니께 정말 모질게 했었구나 하고 많이 반성했다. 요즘은 국가에서 월남 참전 유공자 수당을 주는데, 나는 어머니께 속죄하는 마음으로 그 참전 유공자 수당을 어머니 통장에 자동 입금시켜 드리고 있다.

미국 유학

내가 미국으로 공부하러 가겠다고 말씀 드렸더니 어머니는 아무 말씀도 안 하셨다.

그때 내 나이 서른아홉, 아이가 셋, 잘 다니던 직장 때려치우고 유학을 간다고 하니 할 말이 없으셨을 것이다.

"말려봐야 들을 것 같지도 않은데 말려서 뭐하냐?" 아예 입을 다무셨다.

나중에 들으니 주위에서는 '장남이 부모를 버리고 미국으로 이민(유학이 아니라)을 가는데 말리고 붙들어야지 왜 그냥 놔두는가?'라며 어머니께 충고(원망?)를 많이 했다고 한다.

내가 공부를 마치고 미국의 한 대학교에 교수로 취직 했다고 말씀 드릴때 까지 어머니는 그들에게 아무 대꾸 안 하시고 혼자만 속으로 끙끙 아파하셨다고 한다.

부모와 자식간의 갈등이 생겼을 때, 흔히들 '자식 이기는 부모는 없다' 고 한다.

나도 자식을 셋 낳고 그들을 키우다보니 이 말에 공감할 때가 많다. 그러나,

부모가 자식에게 져 줄때는 자식이 스스로 한 결정에 책임을 질 것이라고 믿는다.

따라서 자식도 그런 부모 마음을 헤아려 자신의 결정에 책임을 지는 신중한 태도를 가져야한다.

그리고 행여 그 결과가 잘못되었다고 하더라도 부모를 원망해서는 안된다. 부모는 자식이 실패를 해도 끝까지 자식의 행보를 믿고 지원해주기 때문이다.

부케코치

돈이의 결혼식은
2011년 11월 11일 11시에 서울의 온누리 교회에서 했다.
양가의 직계만 참석한 가운데 치러진 초간단 결혼식. 신랑, 신부 본
인들이 그걸 원해서 였다.

참석자는, 신랑 쪽에서 7명 (돈이와 돈이의 친, 외조모, 부모, 누나인
진경과 화경)신부 쪽에서는 4명 (은영이와 은영의 어머니, 남동생,
여동생) 그리고 주례와 사진을 찍어 준 친구, 모두 합쳐 13명의 참석
자가 있었다.

돈이의 친, 외할머니들께서는 아주 곱게 차려입고 결혼식에 오셨다.
결혼식은 교회의 자그마한 교실에서 의자 아홉개와 주례가 쓸 책상,
그 책상 위에 신랑 아버지의 후배가 보낸 꽃다발 세 개를 놓고 주례
는 그 교회의 외국인 목사님이 영어로 하셨다. 진경이가 한국어로
통역을 했는데 그래서 시간이 좀 길게 느껴졌었다.

성혼 선서를 하고, 신랑신부 입맞춤도 하고, 신부가 부케를 던질 차례.그런데 갑자기 돈이 친할머니께서 일어나시더니 신부에게로 다가 가시는게 아닌가!

"왜 그러실까? 가족 대표로 인사라도 하실건가?"

가족들이 모두 긴장했다. 왜냐하면 할머니께서 '마이크'를 잡으시면 (거기에 마이크는 없었지만) 오래 갈 수 있고, 그러면 예약 된 시간이 초과되어 신랑, 신부가 초조해 할 것이기 때문이다.

하여간에,

할머니께서는 의자에서 일어나 신부에게로 다가 가시더니

귀속말로 뭐라고 하시고 나서 진경이를 가까이 오라고 부르셨다.

진경이가 '왜요? 할머니?' 하면서 다가 가니까,

"진경아, 신부가 던지는 꽃다발을 니가 꼭 받거레이!"

"새 아가, 니도 꼭 진경이에게 꽃다발을 던져 주어야 한데이!"

부케 던지기 코치를 하시는 것이었다.

그 긴장되는 순간에도 신부는 그만 웃고 말았다.

사실, 그곳에 아가씨라고는 진경, 화경, 신부 친구, 셋 뿐이었지만
할머니께서는 혹시 부케가 신부 친구나 화경이에게 갈까봐 염려하
셨던 것이다.
드디어 신부가 부케를 던지고 진경이가 그걸 무사히 받았다.
할머니의 부케 코치가 성공한 것이다.
그게 5년 전 일이다.
그런데 진경이는 아직도 시집을 못 갔다.
할머니의 또 다른 결혼 작전이 필요한 것 같다.

2016년 3월, 지금 돈이 가족은
부모는 중앙아시아의 키르키스탄이라는 나라에 가서 잠시 살고 있고,
진경이와 화경이는 워싱턴 D.C.에서 미국 공무원으로 근무하고,
돈이와 은영이는 미국대사관 토오쿄오에 근무하고 있다.

돈이 가족 모두는 한국에서 떨어져 흩어져 살고 있지만,
한국의 가족모임, 벌초, 할머니의 '학습시간' 등을 그리워하고 있다.
이 모든 행사의 구심점은 당연히 '우리 할머니' 시다.
할머니께서 오래오래 사셔서 진경, 화경이의 결혼 작전을 짜시고,
결혼식도 꼭 보시고,
그 결혼식에서 다시 한번 '부케코치'를 하시길 바라고 있다.
할머니, 오래오래 사세요!

3부

우리 어머니 임금이

하늘같은 당신

이슬 머금은 꽃처럼 아름다와라
강가의 모래보다 깨끗하면서
밤하늘의 별가운데 달이 훤하듯
숨겨도 감추어도 드러나는데,

잡은 손 따뜻함도 그래서 였구나!
온 세상 모두가 알 듯 모를 듯
나 혼자 가두우면 행여 욕심이러던가

그런데 만약
가시는 길 소매 잡고 슬며시 당긴다면
그런 나를 원망하시겠습니까?
비록 잠깐이나마 조금이라도 아프시다면
아니, 아픈 모습이라도 보이신다면
그건, 그건 절대로
아니 되지요

가끔씩은 쉬어 가게 하고 싶습니다
진정 그리 하고 싶어 합니다
당신 날 원망하지만 않으신다면.

나에게는 당신 곧 하늘이니까요.

당신의 목소리

돌담 토담 건너 들려오는
아기 우는 소리
글 읽는 소리
다듬이 소리 있어
이 세상 듣기 좋은 소리라고들 하나
그보다 더 비할 데 없는
천상의 소리가 있으니
이름하여 나를 부르는
당신의 목소리

들을 때마다 더 듣고 싶고
오래 오래 듣고 싶고
아흔 구비 다가 서도 스러지지 않는
솔향기 같은
당신의 목소리

어제 오늘 혹시 가라 앉지나 않으셨는지

약해지지나 않으셨는지
이젠 힘 있으시길 바라는 것보다
지금 그대로만 지켜 나가셔도
더 이상 바랄 것이
따로 없습니다

품은 마음 드러내 보여 드리지 못하여도
하늘같은 당신
당신 닮은 나를
시도 때도 없이 늘
그려 보고 있습니다
잊지 않으려고
잊어 버리지 않으려고
왼 종일 내내
새겨 보고 있습니다

언제나 그리운
당신의 목소리

* 아침, 저녁 전화로만 안부를 물어보고 오늘 하루 안심이 되는 어머니의
목소리를 들을 수 있는 지금이 가장 행복할 때 인듯 싶습니다.

물바가지

내 나이 아홉 열 초등학교 다니던 때
가끔씩 떠오르는 추억 하나 있어
지금 이것을 추억이라 부르는 아름다움도 있고
한편으로는 단원의 옛 그림을 떠올리게도 한다.

한 여름밤 초저녁에 호롱불 밝혀 놓고
작은 책상 차려 들마루에 앉아
앵앵거리는 모기들 벗삼아 열심히, 그리고 억지로
공부라고 하고 또 했었다.

읽은 책을 한두 번 또 읽어야 하고, 그러면
당신은 그 옆에서 힘든 하루 농삿일에 지쳐
꾸벅꾸벅 졸다가도 모기 물릴 때면 깨어나
당신 졸 때 같이 졸던 나를 때리면서 깨우셨다.
그리고는 바가지로 물벼락을 씌우셨다.
물바가지에 가득 담긴 한 여름밤의 별들이
사정없이 머리 위로 우수수 쏟아져 내렸다.

그 어린 나이에는 일찍이도 자고 싶고
어느 때는 제발 밤비 내리기를 바라면서
당신 조을 때는 제발 깨지마시라 빌어 보기도 하였지만
그때마다 나에게 그런 행운은 없었더랬다.

가갸 거겨를 비뚤비뚤하게 쓰시면서
배움에 포은이 져 스스로 깨우치셨으나
당신 당대에는 못 배워 설움이 되지 않도록
우리들 옆에서 파수보듯 지키시면서, 때로는
그렇게 물바가지를 씌우셨느니.

그 물바가지 덮어 쓰며 커 온 덕분에
오늘 이리 추억으로 끄집어 내면서도
이제 다시 그 물바가지 덮어 쓰고 싶으나
물바가지 들 힘도 부치시는 당신에게
더 부탁드리지 못 함이 죄송할 따름입니다.

아셔요 당신?
이젠 그 물바가지 안 들어도 괜찮으니
잠시 조금이라도 편히 쉬도록 하세요.
편히
편 - 안 - 히

삼신할매

해마다 가을걷이 끝나고 나면
며칠 새 다니면서 제일 좋다는 길일(吉日)을 잡아
동짓달 어느 때쯤 깨끗이 흰 옷 단장하신 후
한 해 농사의 보은을 드리려고
삼신할매를 당신은 꼭 찾으시곤 하셨다.

이날에는 그래도 갖은 정성을 모아
드물게 보는 차림이 제삿날 만큼이나 푸짐하게
밥솥 뚜껑 열어 둔 채로 부엌에서
삼신할매를 연이어 부르시며
두손 모아 간절하게 소지(燒紙)를 말아 올리셨다.

그러면서 조금이라도 높이 높이
천정에 닿을 때까지 꺼지지 않기를
그 소지 올릴 때마다 빌고 또 비는데
농사 잘 되어 감사하다고
자식들 잔병치레 안하도록 해 달라고
덧붙여 공부라도 잘 하기를

소지 하나 하나에 담은 그 간절함이 지극하여, 때로는
밤늦은 사위의 고요함에 묻혀
섬뜩섬뜩하다.

삼신할매는 당신의 모두이면서
당신이 모시는 조상님과 더불어
대소사를 해결해주는 정신적 지주였다.
가끔씩은 마당 끝 담벼락 밑에
평평한 돌을 놓고 그 위에, 때로는
옹기들 가운데서 가장 예쁜 곳 위에, 그리고
나락더미 쌓아 놓고 그 앞에서
지붕갈이 할 때나 자식들 입학시험 볼 때나
외지(外地)에 나간 자식들 조석(朝夕) 걸르지 말라고
정한수 떠 놓고 대신하면서도
두손 모아 빌고 또 빌었다. 시간 가는 줄 모르고
새벽 추위도 잊으시고.

그 삼신할매는 당신이 꿈속에서 만나고
오래 오래 당신과 더불어
이날 이 때껏 한 몸이 되셨다.
그리고 늘 당신에게
삼신할매는 살아 계신 마음의
영원한 신(神)이셨다.

추석

오늘 다시 당신을 생각나게 함은
누구나 다 즐거워하는 한가위날 이기에
긴 세월 밖으로 밖으로만 다녀
어쩌면 어린 시절 추억조차 떠 올리기 어려워
스스로 지우고자 애쓰지는 않았었지만
이젠 정말로 추억으로만 남는구나

오늘 하루가 어찌 대단하다 할 수는 없더라도
그래도 어릴 적에는 오늘을 맞기 위해
전날 밤 달빛 아래 평상에 모여 앉아
아이건 어른이건 송편 하나 빚으면서
잠시 늦은 모기 짚불 연기로 쫓아 가며
호롱불 지쳐 잠들 때까지
힘든 줄 모르고 바삐 바삐 손 놀렸더라

그 송편 하나 집어 당신 입에 넣어 드렸던가
그리고는 고맙다고 인사라도 했었던가

그저 철모르고 맛있게는 먹었겠지
다 없어지기 전에 하나라도 더 먹을려고
동생들과 다투지는 않았었는지

당신이 마련한 그 추석 선물이
오늘 다시 새삼 떠오르고 있음은
온 날보다 갈 날이 머지 않았기에
삼백예순날에 하루 밖에 없는 추석날 아침에
머지 않은 갈 날을 온 날 만큼 되돌려 보고픈
간절한 바램이 있어서입니다

그리고 당신이 빚은 그 송편이
가장 맛있었기 때문입니다

보름달 닮은 당신 모습 겹친 그 송편

나의 살던 고향은

꼬끼-오 꼬끼-오로 새벽 선 잠 눈을 뜨고
먼 발치 문을 열면 갑장산 구름사이로
동녘 하늘이 빼꼼이 터 오르려 애쓰고 있습니다

가랑비 지나간 후 앞개울 물방개가 춤을 추고
먼 산 뻐꾸기 울음 아지랑이 타고 다가올 때

갱시기 한 두 술로 이른 아침 뜨고난 후
새참 이고 들고 논길 따라 걷노라면
마중나온 종달새가 반가웁게 맞이 합니다

까토리 후드득 날면 놀란 솔방울 하나 둘 톡 톡 떨어지고
터 밭 채소잎엔 이슬 머금은 청개구리가
하릴 없이 아침 부터 하품하며 조을고 있습니다

찾아 오는 손님은 정답게 맞이 해야지
마당 가로 질러 긴 빨랫줄 손질 해 주면

노랑나비 고추잠자리 참새 제비가 저희들끼리
재조갈 재조갈 날갯짓 인사 주고 받으며
이 집 주인 인심 좋아 우리 자주 쉬어 가자며
때로는 자고 가자 약속 했더랩니다

풀냄새 흙냄새 동무들냄새 가득한 곳
담장 호박넝쿨 따라 이 마을 저 사립문 다 들 내 집 드나들 듯 하고

해그름 이내 지나 초승달 타고
달나라 토끼들 방아 찧을 때
은하수 가로 질러 구름다리 비껴 가며
네 별 내 별 찾아 꿈자리를 그립니다

앞 마당 대추가 발그스레 할 때 쯤
뒷 집의 감 홍시는 제 못 이겨 담을 넘고

철길 따라 밤 기적소리 귓전에서 사라질 즈음

통금 사이렌 소리 기-일게 이어집니다

새벽 온기 데우려 군불 지피러 나서면
밤손님 마냥 모-올래 소리 없이 찾아온 흰 눈이
장독마다 탐스러이 소복소복 합니다

옛 이야기 가득 담긴 전설 어린 그 고향을
살아생전 단 한 번만이라도 만나 볼 수 있겠나요
당신이 걸어온 길 갈 길은 아직 먼 데
당신의 고향은 어느 새 저만치 가 버리고 만 듯 합니다

꿈속에서라도 꼭 한 번 그려 보세요
단 한 번만이라도 단 한 번만이라도

봄이 오면

산천에는 어느새 다시 또 봄이 찾아 왔습니다

겨우내 나 홀로 빈방 지키기가 몹시 힘이 듭니다

마지 못해 서럽게 당신 먼저 앞세운지

스무 해가 어느 덧 짧고도 길어

백발이 다 된 머리숱은 하루 하루 조금씩 빠져 나갑니다

혼자 계신 쓸쓸함을 달래 주고 싶습니다

살아생전 그리 다정하게 보낸 세월도 가마득하고

살갑게 불러 본 지도 너무 오래 되어

이젠 가슴속에 가득 가득 쌓여만 가고 있습니다

기나긴 추운 겨울 이겨 내느라 힘드셨을 테니

봄날 오니 따뜻한 기운으로 조금이라도 녹여 보세요

산새, 벌, 나비들도 하나 둘 씩

자주 자주 찾아와 들릴 것이니

나 없는 외로움을 잠간씩이나 동무 삼아 달래 보시고

좋아하는 노래라도 같이 불러 보세요

낙동강 강창(江艙) 마을의 나룻배가

일어서면 저 멀리 그림처럼 보입니다

읍내 장날이면 강마을이 덜썩거리던

그 모습 아직도 기억하고 계시지요

이승 남은 그날까지 몇 번이나 더 올 수 있을지 모르지만

힘에 부쳐 지팡이 짚고 겨우 올라와서는

당신 무덤 위 잡초 몇 뿌리 뽑고 내려갑니다

돌아오는 칠석날엔 꼭 다시 들러지요

한 해 한 번 이 날 만은 우리 만날 수 있다잖아요

아침 이슬 명리(名利)를 한 없이 멀리 하고

저녁 연기 영화(榮華)를 저 만큼 뒤로 한채

꽃, 바람, 낙엽, 눈을 못내 그리워하시다가

고요히 빈 손으로 잠들고 계시기에

아까시아 향기는 당신 곁에 그냥 남겨 두고 갑니다

오늘 따라 내려 앉는 산노을 속으로

어렴풋이 당신 모습이 애틋하게 떠 오릅니다

진달래 더불어 봄은 다시 찾아 왔습니다

봄이 오면 먼저 보낸 당신 생각에

차마 견디기가 더 어려운가 봅니다

고향, 그리고 어머니

어머니는 올 해 아흔을 넘기시고 계신다. 예전의 기력이야 온 데 간 데 없지만 세월의 무게 속에서도 정신만큼은 또렷하시어 가끔씩은 나의 살던 고향, 그리고 그 집을 그리워하신다. 봄날 아침이면 이슬 방울 튕기며 튀어 나온 청개구리들이 넓은 마당을 운동장 삼아 뛰어 놀고 초여름 부터 강남 갔던 제비들이 옛 집으로 잊지 않고 찾아 와 처마 밑에 둥지 트느라 왼 종일 부산 떨던 곳. 마당 가로 지른 빨랫줄에는 고추 잠자리 노랑나비 참새들이 모여 잠시 쉬어 가는데 대문 밖 가죽나무에서는 매미들이 합창하던 곳. 담장 밑 대추나무가 발그스레 치자물이 들고 아침 지으려 부엌문을 열면 귀뚜라미들이 뜀뛰기 하듯 튀어 오르며 가을 인사 하던 곳. 장독 위에는 밤새 탐스럽게 소복히 내린 눈이 층층을 이루면서 내년 농사 풍년 소식을 미리 미리 전해 주고 움막속에 묻어 둔 동치미에서 어머니의 손맛을 겨울 내내 잊을 수 없던 그 곳. 꿈속에서라도 다시 한 번 그려 보세요. 한 번 만이라도 꼭 한 번 만이라도.

제일 끝 동생은 어찌된 셈인지 나 보다도 몸이 더 허약하였다. 어머니는 하루도 편히 넘기시는 날이 더물었다. 잔병치레가 끊이지 않

왔으나 그렇다고 며칠 지나면 낫는 그런 것도 아니었다. 읍내에 나이 많은 이름 난 의사 한 분이 있었는데 오직 이 할아버지 의사에게 의존할 수 밖에 없었다. 약을 받아 와서 먹여 보지만 하루 하루가 지겨우니 나중에는 신물이 나 먹는 것 조차 고개를 돌리는 동생이었다. 주위에서 줏어 들은 대로 이런 저런 효험을 본다는 방법은 다 써 보았지만 크게 나아 지지도 않았다. 어느 날은 참새를 달여 먹여야 낫는다는 이야기를 들으시고는 참새 몇 마리를 잡아 보라 하셨다. 머리를 쓴 것이 얼기미를 마당 끝에 세워 두고 그 아래에 나락이나 콩 같은 참새 먹이를 놓고 멀리서 기다리다 참새가 들어 가면 줄을 당겨 잡는데 쉽지는 않았다. 그것도 모자라 밤중에 호롱불을 들고 사다리를 타고 올라 가서 처마지붕 구멍으로 들여다 보면 참새들이 보이는 곳이 있어 손을 넣어 몇 마리를 잡으면 다행이었다. 이 애가 커서 사람 구실을 할 수 있을까? 정한수 떠 놓고 천명이라도 넘기기를 빌고 또 비는 어머니였다.

그리고 늦은 가을이 오면 꼭 하시는 일이 하나 있는데 문살 청소를 하고 문풍지를 제대로 만드는 일이다. 격자문이라 문살이 워낙 많아서 문살 사이 사이를 물로 다 닦으려면 여간 힘드는 일이 아니다. 일년을 지내 왔으니 먼지가 쌓여서 밑바닥으로는 때먼지가 눌러 붙어 색갈이 거의 까맣게 변해 가는 것들도 많아 미리 돌쩌귀에서 문을 떼어 내어 물에 담가 두어야 때가 불어 잘 벗겨 지고 문종이도 떼어 내기가 쉬워 진다. 문이 하나라면 그래도 한 숨 돌리겠지만 여럿이다 보니 문살 때 다 벗기고 나면 손가락이 온통 몸살을 앓는다. 그리고 다 깨끗이 마르고 나면 풀을 잘 쑤어서 다시 문종이를 새 것으로 갈아 입히는데 문종이의 재질에 따라 문의 모습이나 느낌, 방안 분위기가 달라서 신경을 많이 써서 고르셨다. 이 문종이 갈아입힐 때 가장 정성을 기울이는 부분은 문고리 옆으로 단풍잎이나 은행잎을 넣어 모양을 내는 부분이다. 문고리를 잡을 때 눈에 바로 띄는 부분이라 크기나 모양, 색상 등을 서로 잘 맞추어서 도화시간에 그림 그리 듯 예쁜 모습의 문양을 만드는 것이다. 특히 해 질 녘 봉창문의 단풍 문양은 한 폭의 그림 바로 그것이었다.

초가집 지붕은 가을이 오면 꼭 지붕갈이를 해 주어야 한다. 지붕갈이 하기 전에 이엉 엮을 때 힘을 바짝 주어 촘촘하게 엮지 않으면 지붕 덮고 나서 어느 부분 골이 생기게 마련이다. 그래서 지붕갈이 할 때는 헌 지붕 걷어낼 때 골이 생긴 틈이 보이면 미리 짚으로 골을 꽉 꽉 매우고 나서 지붕갈이를 해야 하는 것이다. 이 지붕골은 바로 벌레의 서식처나 다름 없는 곳이다. 그래서 눈, 비를 자주 맞고 나면 여름철 들기 전에 이미 절반 정도는 색깔이 다 변해 간다. 짚이 썩어 가고 오래 되면 이 처마 끝으로 특히 궂은 날 노네각시란 놈이 슬금슬금 내려오는 것이다. 어느 때 집을 비워 두었다 돌아 오면 마루나 뜨락, 부엌, 마당 할 것없이 많을 때는 여러 마리가 기어 나올 때도 있었다. 신경 써서 깨끗하게 쓸고 닦고 하더라도 가끔씩 나오는데 이 놈의 냄새가 너무 고약하여 이 한 마리 죽일 때도 그냥 밟아 그 자리에서 죽이면 냄새가 진동하니까 아예 잡아서 잿더미에 넣고 밟아 죽여야 한다. 약을 뿌려 잡을 수도 없고 해서 어머니가 물어 물어 얼어 들은 처방은 바로 〈노네각시 솥것천리〉라고 한지에 적어 집안 곳 곳에 붙이면 내려 오지 않는다 하여 어머니는 비뚤 비뚤한 글씨로 써서 부엌문, 마루벽장, 문설주, 처마 끝 등등에 붙였다. 그 때문인지 는 모르겠으나 조금씩은 눈에 덜 보였다.

어머니의 행복은 다른 곳에 있지 않았다. 며칠 전 부터 깨어진 기와 쪼가리를 몇 개 모아 두었다가 돌로 빻아 가루를 만들어서 날 잡아 마당 담장 밑에 가마니를 깔고 제기를 닦는다. 놋그릇이 많아 조상 모실 때 아니면 이 놋그릇을 끄집어 낼 때가 없으니 한 번 끄를 때마다 기와가루를 나락수세미에 묻혀 윤이 반짝반짝 나도록 문질러 깨끗하게 닦아서 미리 준비를 하였다. 제사음식은 거기서 거기니 별다를 바 없었지만 그것 담는 제기에는 정성을 많이도 쏟으셨다. 그리고 감문면 구야리 산록을 찾으실 때가 가장 행복한 하루였다. 그곳 구야리 산록에 외조부님을 모셨는데 무남독녀로 크신 어머니라 내가 둘째로 태어 났을 때 그리도 많이 기뻐하셨고 그 후 다섯 해 더 사셨더랬는데 돌아가신 후 어머니는 아침상을 꼬박꼬박 모셨었다. 세월이 많이 흐른 오늘 소나무 동산 아래 무덤 위 잡풀 뽑는 어머니의 뒷모습에서 어머니의 또 다른 마음의 고향이 은은히 비쳐 나오고 있다.

어머님께

그이를 처음 만난 날 시골에서 고생하시며 자식를 위해 헌신하시는 어머님을 소개하며 결혼해서 바라는 것은 어머님께 효도하는 것이라는 그의 마음을 보고 이런 사람이면 평생 변하지 않고 그 모습대로 살 수 있을 거란 생각이 들어 결혼하였고 매사 열심히 하는 모습에서 어머님에 대한 사랑을 보게 되었답니다. 명예, 재산, 그리고 지적 욕심 보다는 도덕적인 삶을 살고 싶고 나와는 다른 그의 마음에 맞춰 안 되는 부분도 있지만 같이 하고픈 마음으로 살아 가고 있습니다.

어머님께 깊이 감명 받았던 것을 글로 드리고 싶었습니다. 좋은 곳을 비행기 타고 몇 시간 만에 갈 수 있는 세상이지만 어려운 우리는 걷거나, 자전거를 타거나, 배를 타거나 해서 당대에 못 가면 다음 대에, 다음 대에 못 가면 그 다음 대라도 꼭 바라보며 노력을 하다 보면 그곳에 반드시 도달할 수 있다는 희망을 가지고 나아가야 한다는 말씀이셨습니다. 그러시면서 항상 소리 없이 노력하시고, 어디서나 당당하신 그 모습에서 어머님의 바람을 엿볼 수 있었습니다. 저도 어머님의 다음 가문을 책임지는 며느리로서 조금은 이루었고 그 다음은 우리 며느리들이 이어가리라 믿습니다.

자손 대대로 어머님의 마음을 이어가게 하고 싶습니다.

강한 자식은 다독거리고, 약한 자식은 강하게 밀어 눕혀야 된다는 어머님의 말씀! 자녀들은 효도의 마음이 있어도 한 번씩 크게 걱정을 시키는 데 일찍 속 썩이는 자식이 오히려 작은 고민을 주는 것이니 효자라 여기며 여유를 가지고 훈육하라 하시던 말씀을 마음에 새기고 아이들을 가르칠 때마다 한 번 더 생각해 보고는 했습니다. 우리 가족이 서로를 아껴 주고 모이는 삶 속에서 큰 행복과 위안을 받습니다. 이 모든 것이 어머님의 가르치심 덕분이라 늘 감사 드립니다. 어머님과 우리 가족 모두를 사랑하며 이 글을 쓰고 있는 저는 참 행복한 사람입니다.

어머님께서 늘 조상님을 섬기시는 그 마음 존경하며 저도 그리 할 것입니다. 지금 농촌에 와서 살아 보니 자녀들을 공부할 수 있게 혼신을 다 하신 어머님의 마음을 더 깊이 이해할 수 있게 되었고 그것은 누구나 할 수 있는 일이 아님을 깨닫게 되었습니다.

우리 가족의 마음의 고향이자 그 중심으로 오래오래 함께해 주시기를 바라며 대대로 영원히 기억할 것입니다. 어머님 건강을 바라며 몇 자 올립니다.

둘째 며느리 올림

4부

어머니와 우리들의 이야기
– 둘째 명하가 보관하고 있던 편지글 모음 –

명추 보아라
이불과 동복을 안붓처서
만이 떠려 겟지
16일 저녁에 청양이역으로
붓치서니 편지 밧고 직시
차자라 보간로 문다
의복는 가지수 게 돗구리 하나
고려땡 쑤모 하나 겨울 잔바 오바
난난구 하나 잔갑 하나
네이 두불 교복 한불 열두가지
붓첫다 명추야 몸죵 하고
속쾌히 답장 바란다

다못 서고 긋친 다
5/17   엄마

정하가 향한테 편지 선는걸 나는 너 한테준
차에계 ( ) 다
고 티 면 에 썻 드 니 잘 못 섯 다

명하야 명 소식이 궁금하드니
방가운 소식이 들여서 얼마나
깃분지 말할수 없다
연대 피택수라 곳선 민간 생활
갓던 곳시라 인재 엄마도 한시름
이젓다 책팟던 그앤 요구대로
붓처주워라 (고국소식) 자주 전해주워라
그리고 너는 무선 일로
9월 말에 맘에집에 올라 하는지
오날 일금 오천원 부송한다
반듯지 시로 상상하기 답장해라
잡안 일은 모두가 여전하니
국정말고 아몸조침 하고 주인애계
실수하지 말고 내내 궁겅하기를
(엄마) 소은우아 우리도 어서서 공부맛치고
가정 때열 엇고 사라이지 열싱이공부해라
엄마도 열싱이노럭 한다 할말 무궁하나
열한시 30분이라 시깐니 밤배 그만 둔다 끗
9月11일 엄마씀

자에 답

명하야 너의 서신은 잘 보앗다

너도 시름이 머잖어 대단이

밥부겟다 피곤한다 너

결심해라

그리고 형은 목민 투표 결과이

나 왓는데 주민 총특정

을 가지고 와 안 데겟다

너의 부친은 안계시고

엄마가 여가가 업구나

책상 모틈 곳 붓처 주마

오늘 얼금 상천 년 부송한다

시간이 업서서 이만 긋친다

모시 10.15일

자에 답

명하야 두형제 잘 잇다니
대단이 방갑구나

집에도 별일 업다
엄마가 시간이 업서 느의
두어자 기록한다
오늘 돈 만원부처마던
즉시로 답장해리
공부 열심이 해라
이만 끗친다

모서

5. 26일

명하 보아라.

그간 잘 있었느냐?

시험은 어지간히 끝났느냐.

그리고 몇자씩 안되더라도 편지 자주해라.

돈 10 원만 들이면 할 수 있잖느냐.

너는 엄마보다 시간이 많으니 맘만 먹으면 쓸수있는거 아니냐

요사이는 몸이 건강하냐. 몸에 이상이 있거든 속히 약사먹고

조심해라.

엄마는 항상 네 몸이 걱정인데 아프다면 아프다고 하고

건강하다면 건강하다고 편지해라.

형이 바깥 소식이 궁금한 모양이니 편지 자주 해 줘라.

집일은 다 끝마치고 양파 심으려고 터 장만한다.

집에도 요사이는 일이 바쁘다.

이번에 돈 7000 원 부쳤다.

회조씨 집에서는 사고나 뭐나 해도 나는 사고로 돌리지 않고

이제는 일이 힘이 많이 드는것 같으니 딱 잡아떼어 버리려고

그러지 않나. 하는 생각이 든다.

그 후에도 네가 직접 가본일은 없느냐?

확실하게 바빠서 못봐 주겠다고 말하더냐

인제는 너도 손떼고 가볼지도 않느냐.

아뭏든 빨리 답장해라.　　　1970. 10. 25
　　　　　　　　　　　　　　　엄마로 부터.

188

명하 보아라

명하야   편지는   잘 받았다.

집떨은   아직 멀었다

다른   별고는   없다.

모든 것을   전북 주의하고 지내라.

돈 12000원 부친다.

돈을   얼마 부치라고   말도 안 하나

적 거면   편지해라

이만   줄인다

1971. 4. 28

      엄머니 씀

     오빠 큰오빠 휴가올때 타이즈

    하나 사 가오라 해   오빠 꼭

          옥하가

자 에 답

명하 야 방금 써선은 잘보았다
근간 하다고 해도 엄마는 마음이 노이지
안하 교통이며 모든 면에 주의하고
근양을 따라 녀외 보천은 아책(가
전에서 오지안고 아참실 때로 오실곳따
그리고 월남 행한테서 책못치른
답이오고 듣 직시 알려라 오일전에
정하게 편지 았다 행한태 편지 안온
다 나 자주 올여라 집에도 별고 없다

영하는 ○ 공부는 격숙한다고 하다
엄마가 추석 때 바서 아창 동이
부채관 게에 서울 갈가하니
부탁이 있서면 발이 답해라
오날 얼금 만원 부송한다

받는직 석로해 참 바란다

엄마 씀   자에

자에

명하야 ㄴ서신 방갑개 잘 보앗다
붓친돈도 잘 차잣다 수일간 무고하냐
부대몸조심해라 병원에 가ㄴ 무선 약을 써
라고 하더ㄴ ㅇ 잘 아라서 개속 약을 써도록
해라 돈은 편지만 하면 엄마가 보내주ㄲㅔ
집에 국정은 할것 업고   네 몸이나 약 쓰고
돌바 아ㄴ 한다 오늘 형한태 편지 한봇따리
왓다 편지가 밀여서 한그분에 여섯장
이나 왓다 엄마우리 명하가 편지 쓰는걸
보ㄴ 인재 배운곳도 만코 뚝뚝하다고
형이 창찬이 만터라 개속 봇치준곳 책
잘 바닷는데 돗토도 밧고 이번 책은못
바닷단다   밤분 따ㄴ 개속 형한태
편지 자주해이 한다 엄마는 6일날 동갑
개에서 현충사 여행 가서 오잉 온천하고
9일날 ㅂ 래오ㄴ 네 편지왓더라
명하야 형한태도 자주 편지하고
집에도 좀 자주 해라 바란다는가
네 형지 편지 밧개도 잇나 부대 부탁이다
                              이만 끗

5월 11일염 마가

명화에게.

날씨가 굉장히 쌀쌀하구나!

그간도 몸성히 잘 있느냐?

옷은 춥지 않게 많이 입고 다니는지?

며칠전엔 신하게 병이라도 났었느냐?

엄마꿈에 자꾸 나타나니 말이다.

언제 쯤이면 시험이 다 끝나느냐?

시험 다 끝나고 시간 있으면 누나한테 가서

엄마 조끼 (스폰지 든것) 색깔 좋은 것으로 하나 사고

목화 바지도 하나 사서 부쳐라. (주선이 보다 약간

큰 것으로 사면 될거라)

그리고 저건 의삿촌이 병 (정신병)으로 우리 집에 와 있는데

(의숙모도 함께) 누나한테 대항이 정신병 걸렸을 때

어떤 약을 썼었는지 알아 보고 편지 좀 해라.

이번 달 생활비는 어떻게 되느냐?

방학 하거던 바로 집에 내려 오너라.

추운 날씨에 감기 조심해라.

이만 준다.

1972. 12. 13.

집에서 엄마가.

192

명하야 엄마 서신을보아라

두어자 기록한다 너는 생활은 엇덧게
하고잇나 누나 한태 새로 한 게금은 엇덧
게 데엿 뛰나 지금도 너가 시간 재료
노력을 하나 안화고도 게금만 바다서
생활이 데나 엄마는 궁금하다

몸은 근강 하냐 을난 한 새월에 조심하
고 엄마 간장 안태우게 무데 후의 ㅅㅅ해라
몸조심 부대 하고 그력 저력 방학 기간도
二ㅇ일 간 남어구나 명하야 사랑이 죽얻나
니 죽얻 날이 쩌 엄다고 그와 갓턴 사정이다
서울을 갈라 하니 갈 날이 엄구나 너의 아버지
게서는 지금 용원사 절에 게신다

수일 간에 공사 맛치고 오실 듯하다
그런대 너는 공부나 착실이 하너먹 방학이 대고
던 빨이 내려와 그리고 녀도 밥분 사정에
전보까 지치오 편지도오고 반 갑구나
그런대 아이들 사정을 알게 굿게
국군관 대도 시험은 보고 왓는대 아직
이월 초에 바 야 알고 국가 고시는

번호 써 넛키 만드라 하며 어글입대

다고 한다 그런데 아이가

애성이 업서서 엄마 한태 야단도 만이

나고 탄임이 머리는 존대 아이가

공부 녕롤이 안오른다고 극정을 하든군

명하야 니가 영하에 춤구를 쏨해서

편지 한 짱 빨이 래라

너도 방학이 대고 딘 빨이 내려와서

아이들 돌마주 아 대겠다

정하 사정은 제가 때구 사대 부고을

보네 달라고 애원을 하는대 가정사가

안 대여서 거절을 하고 잇는중 인대

대구 신명 여고 에서 일년간

앞 파금 공 낙금 깃타 잡비 전면재

장학생을 전국에 이십명 모집하는대

상주 여중에 추천서가 두장이 왓단다

그런디 11/26일날 가서 27일날 면접 시험

에 학격하만 29일날 면접 발표가 나면

일딸에 입학 시음 만대면 장학생으로

드려가고 안 대면 상주 여고로 오라 하면서

학교 척에서 밀고 잇다 그래서

26일에 시험보로 간다

갓 다오 오면 알려 줏게
명하야 오늘 일금 오천원
부송한다 머물은 차잣나
속히 답장 해라

편지좀 자주 생새하기 해라

행책을 붖치 준다니 방갑구나
명하야 사 탕갑 줏가
천원 줏게 모도 6000원
부송한다 명하야

공부 하지 말고 사탕 사머고
잘 노라

이만 끝

엄마 씀 아들에

11/22

명하야 수일간 무고 하냐 언어나
집에는 너의 엉여 득분에 가비가 부사
태평하며 꿈번 토요일에 옥하가
서울로 여행을 갔는데 니게 전보을
첫드니 못바다 밧나 옥하가
이븟 삼일만에오널 집에 도차 햇는데
욥빠 바늘 니고 무래니 못바 다고
하니 마음이 이상하였다
일음 오천원 을 못치는데 돈은 바닷는
지 사태가부란 하니 수업을 하는못하는
지 엄마에 마음 간절 하구나
조포도 곳붓치 죽게 형은 편지가
왔 너는 엄마는 얼리 밥밧서 서울
도 못가고 양파 십으노고 여가
바겨 한번 가겟다 누나 전 큰 때
부탁은 꼭부르보고 바로 편지 해라
그리고 부탁은 부대 조심 하고
한당 덜지 말고 조심 해라
오날도 양파 싱고 써 다가 보니
밤 11시가 되엇구나 할말은 다음

10. 28일 밤 엄마어로 미룬다

동생 명하에게

얼마전 어머니 한테서 편지받고 린천에 숙소를 정한
것을 알았다. 자취하는 것은 고되기도 하고 재미도
있지. 이젠 너도 고등학생이니까 네 일은 네가
알아서 처리해야 한다. 이번 1학기에는 을종 장학생
은 되어야 한다. 갑종이면 더욱좋고.
3학년 때는 갑종으로 되어야 하지만.

서울대학교을 목표로 하고 공부해. 공대을 가나
약대를 가나 같은것은 생각할 필요 없다.
그런것은 2학년 올라가서 생각해도 늦지 않으니까
학교에서 배우는 모든 과목을 철저히 하나도
빼지 말고 공부해야지. 그리고 린천고등학교에
조용연 선생님 (독일어 담당) 이 아직 계시거든
찾아가서 인사 드리고 내 이야기도 해.
그러면 잘 봐 줄테니까. 아는 사람이 있으면
좋으니까. 꼭 인사 드려야 해. 그리고 편지할때
린천역에서 네 집까지 약도를 그려라. 나중에
내가 상속 내려갈때 린천 내려서 찾아 갈수 있겠금
그려라. 우리집은 네가 알다시피 부유한
가정은 아니다. 억지로 학비을 대고 있으니까

1원이라도 아껴쓰고 돈이 난 너는 책을 사모아둬.
책은 너의 재산이니까. 우리 집안이래야 누가
잘된 사람 있나. 너하고 나하고 뿐이야.
너나 나나 책임이 무거워. 친구들하고 어울려
~~책~~ 극장이나 다니고 그런것은 하지 말아.
이제 고향에서 떠나 다른곳에 왔으니까 적적할테니
나한테 편지 자주해라. 물을게 있으면 묻고.
이만 적는다. 몸조심해라

1966. 5. 8

兄書

198

어머님 께

집을 떠나온지 오래 되었읍니다.
영하는 무사히 집에 도착했읍니까?
영하 성적을 빨리 알아 보려고 부탁을
해 두었읍니다 만 비밀이라 아주
빨리 알 수는 없는 모양입니다. 발표가
2월 5일 인데 빠르면 2월 3일,
늦으면 2월 4일에는 알수가 있을
것입니다.

작년보다 문제가 워낙 어려워서 커트
라인이 많이 낮아 질 것 같읍니다.
영하 성적을 볼때 제 생각으로는
커트 라인에 간신히 합격하지 않을까
생각 됩니다. 문제는 커트라인이
작년보다 몇 점이나 내려느냐에 달려
있읍니다.

저는 성적을 알아 보고 전보 친후
바로 내려 가겠읍니다. 그런데
저희 과에 있는 친구 하나가 우리
집을 방문하긴다고 합니다.
내려갈때 저하고 같이 갈까 생각
하는데 어떠실지 모르겠읍니다.
3일 정도 머무르다 서울 올라 올

것입니다.
그리고 지금 집에 갈 차비가 없습니다.
우편환으로 1000원을 좀 부쳐
주셨으면 좋겠습니다
면하는 어떻게 되였는지 궁금합니다

68. 1. 3일
성복 올림

문아 보아라

어제 네 편지를 받아보았다. 정하한테서 온 편지는 부쩍 멀리
도착 했드라만 네 편지로 샌일인지 상당히 늦게 도착했구나.
공부하느라고 고생이 많겠다. 집안도 전 만큼은 넉넉치 못할거라고
진작 일러 말、 고생이 심하드라도 참고 잘 넘어가라.
대학 생활이란 잠깐 지나가드라. 더구나 이학기는 공부일이
많아 몇시간 수업도 못하고 지나가 버리지. 시간 나는데로
어학공부 특히 영어를 열심히 해둬라. 교외 연서도 재미있는
것이 대학 생활이란다. 경비 문제가 인가 하겠지만 여름으로는
친구들과 어울려 캠핑생활을 해 보는 것도 괜찮지. 될수 있는한
경비를 절약해서 써야겠지만 꼭 필요한 곳에는 빌려서라도 돈을
써라. 나중에 갚는 방법이 다 있으라. 너무 돈에 욕매이다
보면 인간이 옹졸하게 되어버려가. 그리고 될수있는
때는 교우 많들과 친근하게 지내라. 아무래도 믿는 것이
많은 뿌리지 졸업후 일로 결정. 육학관계 등 도움이 많다.
난 우리 과 인원이 많고 해서 별로 친근하게 지내지
못한것이 대학학 생활중의 하나의 한이다.
난 이곳 생활이 그런데도 괜찮다
정취하나도 절경이의 끝없이 노란물결이
이루는 황치가 보는 강대울, 발밑에
자욱히 깔려 있는 아침안개 이들은 전에는
맛 볼수 流流드 것이다. 시골 생활을 몇년
하다 보면 계절이 어떻게 돌아가는지도
잘 모르게 된단다. 올해는 가을을
만끽 했단다. 요새로 월동준비 때문들이
바쁘다만

좀 지나면 시간 여유도 나게 될것 같다. 그때로 책을 몇권 부탁하고 싶다. 그외에도 이웃이 있게되면 외국사람이 부탁 어둡게 되니까 아쉬운 것이 많은 것이다. 그래 그때 하나둘 부탁하고 싶다. 때때로 비가 보고, 본 '신동아 " 한권을 부쳐 주련? 신심풀이로 읽어 보고 한다.

경희와 늘 친척 집에도 가끔 들려 인사두 해두면 나중에 다 도움이 될 때가 있단다. 나는 이곳 생활이 편찮고 힘만 하다 드라고 전하고 나때문에 애써 주어서 대단히 고맙게 생각하드라고 전해라. 집안사람이나 기타 이런저런 자세한 내용으로 소식 전해 주기 바란다. 온온 여기 있드라도 이것 저것 알아 돼야 하지 않겠나. 여기 생활이 한가지 좋은점은 독서할 시간 한가만 시간 속속이 있으니까 말이다. 군대도 옛날과는 달러 많네 편한 모양이다. 군이란 누구나 바쳐야 할 의무인만큼 충실히 마치고 나갈 생각이다. 부모님께는 네가 자주 편지해라. 걱정을 안 시키도록 해야지 . 그리고
신동아 부실때 끄트하로 동봉해라.
크기는 신동아 크기, 약간 두툼해서 오래 쓸수 있는 것으로 하되 너무 비보는 커버가 입혀 진 것이면 좋겠다.
몸 건강히 잘 지내라.
(형)

명화에게

술 일빤원은 복쉰다. 그리고 라디오와 사회연

프로을 노토로 따로 구롱한다.

둘 쓰근 다 떨어지버는 참은로 편지하라

정에로 모두 편안하시다.   오늘이나

새일에는 우니 장에도 수도물을 먹는다

이만

3.20   토

이사을 했으면 편지을 해야지

받는 작시로 답해라

어머님께

어머님께

그간 안녕하셨습니까? 편지가 무척 늦었습니다.

지난 18일에 서울로 돌아 왔습니다. 전라남도
는 가물어서 모도 못심고 말이 아니더군요.
경북에도 그래도 비가 많이 왔다니까 상주는
모들 다 심었겠지요. 그러나 전라남도 많은
아직도 비가 오지 않은채 있는 모양입니다.
그러나 우리가 갔던 마을은 농민들의
의식수준이 대단히 높아서 우리가 배울점이
많았습니다. 그들은 자기들이 왜
못사는지를 잘 알고 있었습니다. 학문적으로
(경제학적으로)도 우리보다 많이 알고
있더군요. 특히 우리가 갔던 면에서
전에 농림부 차관 하던 분이 태어 났기 때문에
이 사람이 잘 깨우친 탓도 있는가 봅니다.
밤에는 농촌 조사를 하고 나머지 시간은
동네 어른들과 이야기를 하고 낮에는
모도 심고 물도 퍼고. 그랬습니다.
        — × —   — × —

부쳐주신 돈 (4500 원)을 잘 받았습니다.

어머께

그리고 내일 바닷가로 놀러 갈 생각입니다.
몇일간만 쉬고 싶습니다. 그래서
몸도 좀 건강해져야 되겠습니다.
서울 올라온 뒤에 전에 저하고
같이 자취하던 천치환이 집에서
밥을 먹고 있습니다. 집이 그대
앞에 있기 때문에 학교도 멀지
않습니다. 방학 동안에는 계속 여기서
밥을 먹을 생각입니다. 방학후에도
계속할지는 그때 가봐서 결정할
생각입니다. 식당에서 먹는것보다
우선 뜨뜻한 밥을 먹을수가 있습니다.
식차는 3000원이나 3500원 (학교
식당) 쯤 들까 합니다.
치환이는 어머니하고 같이 살림하고
있습니다. 별로 께리는 눈치는
아닙니다. 그럼 다음에
또 편지 올리고 이만 그치겠습니다.
몸 편히 계십시요.
7.25 성목 올림

병 하 에 게

장마철에 고생이 많겠구나 하기만 시원이
한참 이겠구나. 폭 고대묵에 자같이 망안 덕지.
아뢰 사겠다 그냥 지내나? 그리고 방학 때는
언제 부터 가겠노?

녀가 우리 군 신문에 잘 받았다. 심슨은 할게
기자 생활은 흠빠빠 길 하기면 보람
도 있지. 사람은 많이 사킬수 있는 졌이
특히 좋겠지. 방학은 보람 있게 지나라.
어제 내민 비로 강물이 무척 불었겠다. 산에
나무가 없는 탓이로 완젼히 ○○당물이다.
중대 앞에 녹 씻어노 것을 무너져 버리고.

방학 때 집에 내려가거든 어머 푸동안을
폭 바르더라 환하다. 무척 시내한다.
명하는 간호학 끝 보낸다. 항이 드라. 그리비
간계 때문에. 그러나 서울에도 과비 학교
가 없거든 가세히 안아보고 시현 보지을
간형 주라. 난 형하가 바빠서 별로
이야기도 못했다 네가 촉 교외 중 해쉬라.
하두점 이라도 불르랑고 애기 하쉬라.
몇시간 과더 수양 반노 전날다 도움 된다가.

이만 출인다.

(서명)

병찬에게

다섯 다섯살도 자라온 가고 지내이

되었구나. 지금 막으로 부쩍 어렸을 때에

병찬으로서 서른은 느낌 막기기가

아쉽든지. 어떻게 된데이 그게 벌써

아이 엄마는 그냥 돌아

나스리와도 기억을 걸고 살아가는게

가 버리고. 옛날에 즐겁다...

이렇게 이렇지.

그동안 잘 있었나.

지내는 데나. 독서? 운동?

아버지 애들이 새록하부 . 그래도

버젓도 아이엄마 생각에 날마다 자랑에 나누

도일이가 벌써 커간다.

아빠도 . 바쁘다고 안으면 오는 거다.

수돈을 새벽으로 살피며 있으며.

엄마한 어디 오늘 커다가 없다 번 매일

군대 생활도 아직 앉아있을 줄을 매일

글쓰기를 그리겠다.

네가 버서 커나는 세월만에 번쩍 안다.

그리고 부디 커리정에서 본드 그게

한 글자는 ... 보이는 ...에 보면) blue Bird

선물을 하나씩 한 셈이구나.
요사이 여기 온도는 20° 가량을 넘질
흐리지도 않는 생활하기 좋은 날씨다.
아침으로 잠깐 산보하니 늦가을 빛이
나지만 낙엽도 붉은 단풍도 앙상한
가지는 벌레 울음소리도 보이지 않는
구나. 황량한 들판에서 오직
고요한 빛이 감돌고 있을 뿐.
밤하늘에 보이는 별빛을 보고
한 걸음 두 걸음 거닐며 볼 때 Blue Bird
(행복의 새)를 잡게 될 날도 오겠지.
나 없는 사이에 혼자 아들 노릇할 때나
바쁘겠지만 잘 좀 도와드려라.
사람이 나면 서울로 가야 한다 했지만
시야를 넓히고 시골을 나서는데는
여행이란 것이 무시할 수 없는 일이야.
집 떠나면 고생이라지만 고생 끝에
낙이 있고 우물에만 박혀 있게 살기나 해.
좋은 날씨에 감기 걸리지 않도록—
몸조심해라. 1.9

명화에게.

지금쯤 집에 내려와 있겠구나. 아버님, 어머님
모두 안녕하시냐? 명화는 애버리사가 함께
지역는지 모르겠다. 방학동안에 명화, 경하
뒤를 잘 봐줘라. 다들 중요한 시기니까.
내가 보내준 "중앙" 12월호와 노트는 오늘
잘받았다. 이번 중앙은 읽을거리가
꽤 많더군.
오늘은 오랫만에 놀러가 활짝 개였다.
X-mas와 신정 기념으로 고국향라가족득기
가 대통령으로부터 내려와서 오늘 오랫만에
갓누기를 먹어봤지. 배추김치야 매일
먹는거지만
여긴 전정하라는 기본은 별로 없다
그곳에서 힘방근두할때라 다른걱이 별로
없으니까.
　　　간단히 줄인다. 감기안걸리도록 조심해라
아버님, 어머님께 안녕 전하고
　　　　　　12. 26　　　　　　㊞

명 하 에게

(一)

" 한 송이의 국화꽃을 피우기 위해서
봄부터 소쩍새는 그렇게 울었나 보다 "

인생의 성장과정, 아니 하나의 일이 성취되어 가는 과정을
국화꽃과 소쩍새에 비기다니 저자는 확실히 감각이
뛰어난 사람이였나 보구나.

어릴때 (국민학교 때였나 보다) 지금은 상주어고가 서고있는
땅인 옛날이름으로 서봇들에 우리 밭이 약 300평쯤
있었다. 그때 외할아버지를 따라 맨발로 걸어서 들에
갈때에는 꼭 함께 뒷산에서 뻐꾸기 (소쩍새와 마찬가지
이름으로 알고 있지만) 울음소리가 들였단다. 일정한 음율을
이루어 들리는 그 소리가 잠시라도 궁기면 무척 초련했으
니라 그소리를 이끌어 그들이 자주가곤 했였단다.
어릴때의 낭이 묻혀 있고 낭만이 잠겨 있고 고요한
전원이였든 그들이 그후 잘려가 시멘트 못두
뻘뻘으로 변해 버렸을때 내 마음 허전하기
짝이 없었단다.

잃어 버린 하나의 꿈 , 그것은 영원히
찾을 수 없는 것인가 ?

"男兒立志出鄉關
學若不成死不還

（二）

日本人들의 소위 "사무라이 精神" 이란 것이 무엇인지 확실히
알지 못하고 있지만 위의 한 詩를 읽어보면 조금 짐작이
갈 뜻도 하구나.

부모의 슬하를 꼭 자기 손으로 떨쳐 죽여야 했고 또 그들의
법률도 이를 허용해 준것 같지만 꼭 하고야 마는 그 정신은
又 上記에서 조금이나마 이해 할것 같다.

이 정신은 한 동안 정치로 끝어오던 이 호태한 친구가
누구인지도 잊어 버렸지만, 내가 애독한 목록에
두고 두고 읽어 맞어 무료하고 지께운 시간을 무다히
넘기는 좋은 제가 되었으니 作者에게 감사할 따름이
하니 비면 결코 아무나 어려운 일이라 해 내고 따케
인간의 능력이라 볼수도 있지만 成敗의 갠념길
에서 자신을 위로하고 자신을 뒤쩔칠 하기란
얼마나 힘드는 일인지!! 이러때 마음속으로
힘분 얻을수 있는 책 글을 하나 알고 있다는
것은 얼마나 다행한 일이다!!

(三)

목이신가 굶어 종이에다 내 마음은 쓰내보고 길이짧
지라는 시간이 없으니 다음으로 미루고 ―,

오늘 네가 부세를 노른 네친은 잘 받았다. 전번에 부쳐주
다 하든 책(신흥아 그들러가 아니가 성각 된다만)은 이상하게
다직 받지 못하였다. 중간에서 분모실께 아닌가 성각된다.
이내까지 안 돌어오는것는 없었으니 ̄ ̄ ̄

김헌복의 "너라 나누고 싶은 대화가 된다., 그러
하는 나도 얼마전에 여기에서 읽었는데 성각나는 벅이
많드라. 3편이는 읽혔던 읽었는데 4편은 무슨 바쁜
거나 5편이는 또 생즐 언흘흘 읽드라리?

신체 컸다는 어떻게 섰나?
하고 애기거 많지만 다음으로 미룬다
72.4.26

명 하 앞

육하 한테서 온 편지를 보니 네가 몸이 아프니
2학기에는 휴학을 할것 같다고 해서 걱정을
했었는데 오늘 네 편지를 받고 보니 염려가
많이 되는구나.

아버님도 이제 전에 받은는 기억이 못하신
것 같고 어머님께서도 그러실 텐데...
편찮으로 몹시 바쁘지 한가 줄이 없고.
나는 그래도 아직 엄마 한희 어디 빨리로
없는 것을 여간 다행으로 여기지 않는다.
사람에게 가장 중요한 것은 건강이 아니냐.
병 중을 앓았으니 했시 그렇게 신경쓰며
한 것은 보지 않을가. 몸이 괴로우면
만사에 신경질이 나도 법이지만 좀
더 발하게 사랑한 것에는 신경을 안 쓰는게
좋을 것 같다.

내 군 생활도 이제 또 이년을 넘어섰고
되돌 생활도 섬기웠이 보고 보니 이제
지루하고 싶은 생각이 많다. 탈북이는 지금
할 수 있을머놓지 어떤 과목이 되야
지루하지 약속고 있다. 이월은
으로 지금 흐르는것 같지 만.

고국에도 곧 휴일이 되는데 부디 부디 우리나라
빛나대로 여기도 해 없다. 그러나 우리
예편 들어나면 地熱이 뽐기 때문에
흔 여름은 없다.

ROTC 교육을 받는 친구들도 이제 곧 군복을
받고 나갔음에 나는 어릴 실제일 이란
쉬웠이 지나야 예편 복은 입게 되니
여러 생각하면 내가 답안을 잘 못 할 것
같다. 앞으로 인생 방어이렇게 길게
넓게 짧은 세월이기도 하리라
여는 그 기간을 잘 이용해서 넓보다 나은
성숙, 배운 밖정의 행동을 유지 하도록 없도록
하는게 좋겠다.

항상 몸 조리 잘 하라

6. 5

명하에게

"노인은 과거에 살고 청년은 미래에 산다",고 했다.
노인들은 과거의 아름다웠든 추억을 되삭임하면서 세월을
보내는 작식한 모양. 청년은 아무리 현재 현경이 어려워도
이를 극복할 세월과 현재가 있는 만큼 버릇이 지극히 중요하겠지.
군에 와서 첫해는 너무 바빠 그럭저럭 지나갔고
작년초에는 조금씩 시간이 나니까 마음 붙고 활동할수 없음
다시 말하면 . 동물은 속속에든 산 짐승들이 산으로 돌아가
쉴이 몬박짓는 그런 생각때문이 정말 찾을수 없었다.
만들은 이러구 저쩌구 하는 애기만 듣고. 그럴때는
더 잊기 위히 일이 목두하는 편지만. 그러나 로는 날 잊고
군대생활은 마쳐본 속신으로 들따구를 싫으게 되었이 된다.
확실히 시간은 잘 흘렀다. 청년은 거이 없고,

그러나 모마짐 내신구 최을진 이가 사법시험 합격
했다난 소식을 듣니 고성을 깊이 한 그친구에게 상상을
데가가 왔다난 기빠기 현량없다면서는 한편으로
내자신 쉬치가 생각되기 쑥쑥허젔다난. 물은
나라인 제리측 만 바라고 덕고 그애가 한용을
바른고 남에게 걸리지 않도록 하겠다는 이욕을
돌고 리리면 ⓧ 세상 믿어올 안수 없는게
나랏 허약히니까 .

요즈슴 편지 뭔지 바쁜이 자주 초금해진다. 하루에가 가까이
꿰서 그럴까? 아니면 이미 꿰진진 여러 여문일 까.
지난달나 이달에는 책 한 권 읽지 못했다. 3원에는 하도 급이
엄엄었는데. 바쁜의 여유을 찾지 못하는게 오르른 내 생활.

오월도 숭숭이 봄이 나가 버릴 느린. 그러고 보니 학기말
시험 준비해야겠구나. 아무 거리낌 없는 챔펄스에서도
오월은 가장 줄기운 달이나 하로 라민이 아니란다.
마뿐 껏 줄기기 바란다.

엄하는 어떻게 지내느냐? 편지가 없어
궁금하다. 바쁜 탓이 껃지만

부디 건강히 지내라
5.1P

(어느 밤에서)

부모집계.

노란 집에는 별고 없으십니까?

저는 편하게 지내고 있읍니다.

아주머니 적어서 아주 잘 히 주고 있읍니다.

밥은 1년동안 히 주기로 했읍니다.

그런데 ● 쌀을 끈 좀 무쳐 주어야 되겠읍니다.

설빵의 쌀이 있는 학생과 이은 해서 한 달에 3 말 씩

주기로 했읍니다. 요즘 쌀값이 괘안히 오른다고 하더군요

노래 3 말 주고 빨래 좀 부탁하면 되 이양

빨발 없은 것으로 알고 그렇게 잡았읍니다.

아주머니도 비누란 사다 주면 빨래는 언제던지 해

주겠다고 하더군요. 그리고 3학년 교과서 괘안이

사왔읍니다. 전부 1500 원으로 되 있읍니다. (7권).

사버지는 현재 쓰던것을 그대로 쓰기로 했읍니다.

19日 까지 괘면 ● 됩니다.

쌀은 끈 무쳐 주시고 교과서 괘면은 19日 까지

주세요. 그리고 1월 31일 1000 원 과

　2월 5일날 800 원에서 차비:150원, 책 :200

　인단(40장) :680 셍기 수도세 (작년 12월분):100

　비누:50 우우값:360 영어 프린트 값:100

　책 반칙:100 우표:2 합계 :1657원

　잔액 :143 원 남았읍니다.

쌀은 2말 분치를 같이 부쳐도 괜찮읍니다

오시면 차비가 100원이나가 ～ 은행으로

부치시던지 ～ ～ 남원앞으로 애가

가거던 주잡시오 ～ 그럼 이만 그치겠읍니다

내내 편안하시길 바랍니다

1968. 2. 1

소자 명하 드림

부모님 께.

더운 날씨에 그간 이나마 집안 모두
편안 하십니까? 여기 은지도 벌써
가을이 넘었군요. 여기는 여여를 추면
모르고 지냅니다. 아침 저녁으로는 거울
날씨 만큼 쌀쌀해서 거울옷을 입고 자야
하는 형편입니다.

오늘은 광복절이고 또 학교대의 사정에
의하여 경치 좋은 곳으로 소풍을 가게
되었습니다. 학교으로 점밥 까지
싸 주는군요. 열심 학생도, 또 여기온
애들 모두 잘 있습니다.

모두들 건강히 열심입니다.

건강한 모습으로 가서 뵙겠습니다.

이만 그치겠습니다.

1968. 8. 15. 아침

小子 평화 올림.

어머님께,

그동안도 안녕 하셨습니까?

부쳐신 돈은 잘 받았습니다.

누나에게 물어보시까 이번 달이 타는 달이라고 해서
돈은 안 받았습니다. 저는 받는 줄 알고 있었는데.
그리고 누나가 모든 것을 엄마가 알아서
하시래요. 하나 더 한다고 그러디고요.

옥하는 못 만나 봤습니다. 전보도 늦늦 왔고 또
편지도 하루 늦게 도착해서 오기 전날 역에 나가서
조사해 봐도 못 찾았습니다. 편지에 적은 여관과
전화번호는 전복 엉뚱한 곳이어서 못 찾아 봤습니다.
저는 몸 건강하고 잘 있으니까 걱정 하시지 마셔요
연하가 예비고라 볼 때가 된 것 같은데 곤복 좀 열심히
해서 붙도록 해야 겠지요.

옥하는 잘 다녀갔는지 모르겠군요. 특급타고 여행다닌
줄은 생각도 못했습니다.

아버님께서도 편안 하신지요?

다음에 곧 편지 또 드리겠습니다.

안녕히 계셔요.

1971, 10, 27,
소자 명하 올림.

명하노 보게

상하야 명하야 잘 있나?

그동안 추워서 고생 많이 했제

편지가 안 외서 또 미덕국인줄 알고 걱정하던차에

잘 받아 보았다.

대학 시험하고 바율이 같은데 ⌄대학에는 왜 떨어졌나

요 맹꽁아

집에 걱정을 다하고 정말 효자구나

모두 편안하게 잘 있다. (특히 명하)

찬잡안에 된장. 불콩. 내의 한벌. 요 홋청하나. 만알

신기.요겁데기 하나. 이불 겁데기 하나. 실. 바늘을 부친다.

불콩을 어떻게 해먹는고 하니 저녁에 따뜻한 물에

들이 먹을 만큼 담았다가 아친에 일이 나서

쌀하고 한데 씻어서 해 먹으면 된다. 요 맬쓴이야.

(장래 가사 선생쯤 문제 없겠지)

돈 민원 부치는데 찾는 즉시 편지 해라.

그리고 신기하고 된장하근 비닌 봉지에 두면

맛이 변한다고 단지에 담으란다.

이제 고생길에 들어 있구나. 고생을 복으로 생각해라

「어린때 고생을 천근을 주고도 못사느니라」

라는 말을 명심해서

돌적에 돌격을 가해서 공부 덜신히 하거라

1981. 2. 28   엄마. 명하 씀.

오빠에게

그간 안녕하셨어요.

집에는 아버님 어머님 모시고 동생들와 모두 잘 있읍니다.

우리 학교는 16 일날 여행 갔다 19 일날 왔어요.

강릉서 2 박 속초서 1 박

상주서 오전 11시 반에 출발해서 오후 10시 반에

강릉 도착 했어요. 기차 만 11시간 탔어요.

문산바위. 금강굴. 비룡폭포 낙산사 · 신흥사 · 오죽헌 이렇게

여섯군데 갔었어요.

제주도 구경보다 더 좋은거 예요.

오빠도 아르바이트 해서 다음 여름 방학때 설악산으로 등산가요.

나도 데리고

우리 갔을때는 너무 복잡해서 정신은 못차린 지경이였어요.

부산 수산대학에서도 약 30 명쯤 등산 왔대요. 학생들 만.

큰 오빠가 편지 안 한다고 그러대요.

자주 해 줘요. 집에도 자주하고.

오늘 돈 7000원 부쳐요.   받고 바로 편지해요.

희조씨 한테는 아주 가망이 없는지 물어 보래요.

오빠 시험 언제 끝나는지 엄마가 묻는군요.

큰 오빠 한테 면회언제쯤 할수있는지 물어봐요. 집에 알려 달래요.

안녕히 계셔요.   1970. 10. 23   영화올림

명하야!

요즘 어떻게 지내느냐? 소의 환자 몸에 긍휼하구나
재수를 하고 있느리? 아님 뭐하고 있느냐?

아버님, 어머님도 안녕하시냐?

정하, 뿍하도 잘 있고?

여기 날씨는 조금 쌀쌀하다. 밖으로는 조금 춥다.
집 생각이 오죽씩 난다만 며칠간 일이 무척
바빠서 편지도 못 썼구나.

비작은 오빠 한테서는 아직 소식이 없구나.
그리고 이번에는 장교, 사병을 막론하고 충급이 되지
않아서 내 수당이 적근 되어 버렸다. 앞으로도 충급은
어려울것 같다. 그렇게 어머님께 말씀드려라.
그럼 몸 건강히 잔 지내라.

72. 3. 8. 새벽 2시 경각에

오빠 보십시오

오빠 그동안 안녕 하셨습니까?

집에도 편안히 잘 있읍니다.

돈 20000원은 새달 3월달 부치고 오늘은 1620원

부칩니다. 그러니 500원을 반찬 사 잡수라 하셨다.

후번에 편지 ● 하고 오늘은 시간이 바빠서

이만줄입니다. ●

그리고 작은오빠 공부 열심히 하시고

큰오빠는 교육 받으러 다니신다니 졸업은 언제

하시는지 어머니께서 궁금하게 생각하시니

빨리 적어 편지하고 온 받는 즉시 해답 하여시오

또 500원은 엄마가 고기 안 먹으면 기름기가 말라

환자가 됐다고 꼭 돼지 고기 사 잡수랍니다

다음 달에 돈 부쳐 주신다고 꼭 고기 사 잡수랍니다

그럼 안녕히 계십시오

1969년 8월 24일

정화 올림

오빠 보십시오.

그간 안녕하십니까?

집에는 모두 잘 있읍니다.

어머님 께서도 무사히 오셨읍니다.

아버님 께선 북장사 절 지으러 가 계시다가

바쁜 일이 과 집에 내려 오셨읍니다.

저희도 벌써 3일째 방학에 들어가고 있읍니다.

모두 공부사 잘했죠.

큰오빠 한테서 편지 왔읍니까?

편지 왔거든 집에 연락 하십시오.

그리고 농촌 봉사 활동 하라 오시는 즉시 집에

내려오라는 어머님 분부 입니다.

오토바이 받을 때 받히 왔읍니다.

(건강하기두 최가 건강해요.)

어머님이 얼마나 걱정하지 않아요?

오빠! 떼기 쓸려서 온 편지 도로 부송합니다.

오 월에 내려 오실때 까지 몸 건강히

하십시오.

                                    91. 9. 27.

유효 효아 놀러라고, 잉?   정화 書.

큰 오빠 보십시오.

아침 저녁으로 서늘한 바람이 살갈을 에는듯이

차겹게 불고 있답니다.

고향을 떠 멀리 타향 가셔서 이번낀 겨울의

하얀 백설도 못 보시겠지요

큰 오빠! 안녕하십니까?

　편지 도착 시간을 계산해보니 약 15일간 걸립니다

아버님도 집에 계시며 모두다 편안 하십니다.

저희들두 거학해서 학교에 잘 다니고 있읍니다.

　오빠!

집에 22일날 돼지 새끼 11마리를 봤는데

어머님께서 3일을 주어 간호 하였음. ···이도 부족하고

4마리가 죽어 갔읍니다

　또 7일날 아버님 하고 저하고 약을 먹이다

1마리가 죽었읍니다.

　지금 현재는 6마리가 잘 자라고 있읍니다.

　오빠! 돼지가 새끼를 잃고 눈을 흘렸겠지요

그와 마찬가지로 어머님께서도 오빠 보내 놓으시고

　행여나 무슨일이 일어날까 걱정을 매일 같이

하시다가 편지를 보시니 오빠를 만난 것같이

기뻐하셨읍니다.

오빠 그러나 편지 자주 해 주십시오

오늘도 목마 버릇을 기다리며 사는가 봅니다

오빠 원 남 씨의 생활로 어떻습니까?

하늘 사랑도 없이 낮 살을 곳에서 굉장히

서먹서먹 하시겠지요

오빠! 작은 오빠 한테도 편지 해 주십시오

그럼 오늘은 이만 줄이겠습니다

타향에서 몸 조심 하십시오

　　　　　　　1975. 9.10. 증

　　　　　　　정하 올림

작은 오빠 주소

서울특별시 동대문구 묵두동 187~33호

　　　　노동5반 (한별호 씨방),

큰 오빠 작은 오빠 한테서 편지가 왔는데 답을
"근" 해서. 9/10

금아, 너는 할 수 있을 거야!

편자 | 유정하

초판발행 | 2016년 5월 20일

펴낸곳 | 도서출판 학이사
출판등록 | 제25100-2005-28호

대구광역시 달서구 문화회관11안길 22-1(장동)
전화 _ (053) 554-3431, 3432   팩시밀리 _ (053) 554-3433
홈페이지 _ http://www.학이사.kr
이메일 _ hes3431@naver.com

ISBN | 979-11-5854-029-6 03810